edition suhrkamp 2487

»Denn gleich dahinter, hinter dem Waldbergigen, hinter der Dämmerlinie der schweren, schwarzgrünen Tannen, lag Andalusien. Auch für mich.« Im Jahr 1960 kamen José F. A. Olivers Eltern auf der Suche nach Arbeit aus Málaga nach Deutschland und zogen in eine kleine Stadt im Schwarzwald. Dort wuchs er auf, als Andalusier und Alemanne zugleich. Erinnerungen an den Vater, die Strohhutfabrik, die Hausacher *Spättlemadlee*, die *Fasent* der Kindertage verdichten sich in seinen Essays zu Bildern eines Ortes, den es nicht geben kann und dennoch gibt, eines andalusischen Schwarzwaldes. Als Dichter zwischen den Kulturen, zwischen den Sprachen gibt Oliver Auskunft über die Erfahrungen eines »Gastarbeiterkindes«, dessen poetische Sensibilität der Zweisprachigkeit entspringt: »ich, Wortmensch Erde, will Sprachen wie Gastgeber Freunde.«

José F. A. Oliver wurde 1961 in Hausach im Schwarzwald geboren und lebt dort als freier Schriftsteller. Seine Gedichte sind in mehrere Sprachen übersetzt. Zuletzt erschienen die Gedichtbände *finnischer wintervorrat* (2005, es 2397) und *Unterschlupf* (2006).

José F. A. Oliver

Mein andalusisches Schwarzwalddorf

Essays

Suhrkamp

Für Gisela

edition suhrkamp 2487
Erste Auflage 2007

Originalausgabe

Druck: Druckhaus Nomos, Sinzheim
Printed in Germany
ISBN 978-3-518-12487-1

3 4 5 6 7 8 – 15 14 13 12 11 10

Mein andalusisches Schwarzwalddorf

Inhalt

»Das mühsam Erlernte über den Haufen werfen müssen, weil der gelüftete Schleier den Blick auf einen weiteren Schleier öffnet. Wir im Westen haben nicht gelernt, mit gespiegelten Täuschungen umzugehen. Das Paradoxon ist bei uns eine lästige Unstimmigkeit.«

Ilija Trojanow

»Hat die Wirklichkeit irgendwelche bestimmte Grenzen? Haben die Grenzen irgendeine bestimmte Wirklichkeit? Weshalb gerade diese Straße, diese Stadt, diese Straßenkreuzung, usw.? Und wenn das alles *Hopp!* verschwindet, was nimmt seinen Platz ein? Hört irgendein Ereignis irgendwann auf, sich zu ereignen?«

David Albahari

»Die Schönheit lauert ringsumher. Sie kann uns im Titel eines Films überkommen oder in einem populären Liedtext; vielleicht finden wir sie sogar auf den Seiten eines großen oder berühmten Schriftstellers.«

Jorge Luis Borges

Mein Hausach

»Kuckuckskrank« fällt mir ein, die Mayröcker. Nachklingender Lautwurf einer Dichterin, der Nomadentum erahnt und Zuflucht in sich birgt: Kuckuckskrank! Bei einem anderen Schriftsteller las ich irgendwann die Verse: »Ich kannte mal einen Zigeuner / der sagte / hier wolle er sterben.« Das Zitat, das den ständig Umherziehenden ins Bleibende ruft, stammt aus der Feder Hemingways. Wahrscheinlich aus dem einzigen Schwarzwaldnotat des Großwildjägers, als dieser *Black Forest* wollte und zwischen Fichtenzapfen und Forellenzucht karpfensüchtig angelte und auf Hecht aus war. Das Spanische sagt übrigens zu den Zigeunern auch »Pilger«, althergebracht sogar »Ägypter«. Auf jeden Fall spricht Wanderschaft aus den Bezeichnungen. Und ein Kuckuck sucht sich ja bekanntlich fremde Nester, um abzulegen, was ihn erhält.

Andere Überlebensrituale im Kinzigtal heißen *Cante Jondo* und am Schlittenhang verausgaben sich Lausbubenstreiche. Der Frühling war Kaulquappenlabor im aufgestauten Regenbach, und unsere Südgeschichten auf Heimreise hießen Sommer. Hier also sollte ich geboren werden und zwischensprachlich – oder so ähnlich – erzogen werden. Sprich kulturmehrfach heranwachsen (andalusisch / alemannisch, spanisch / deutsch) und meine geheimen Schlupfwinkel bis dato beibehalten: in Hausach. Nicht als verborgenes Nischenexil oder Weltabwehr, sondern als Erkerfenster ins Bewusste einer Wahlverwandschaft, die sich beschnupperte, sperrte, annahm und schließlich gegenseitig wurde. Ständige Ankunft heuer, die Seelenwärme lebt, ein SchollenHERZ buchstabiert und mit den Jahren ein Humanum erzählt, das immer mehr war (und ist) als Provinz und heimgebrachte Metropole. Mehr als nur hemdsärmlige Nostalgie und Heugeruch; mehr als der brodelnde Sud auf einem klapprigen Holzkarren in den Herbstmonaten, die hier den »Rossler« *maischen* und *d Vesperzitt* einläuten, wo Stubengemütlichkeit ein Kachelofen ist.

»Mein andalusisches Schwarzwalddorf« nenne ich diesen Ort. Nicht aus Übermut oder Koketterie, eher eins mit mir im Widerspruch. Zuneigung der Eigenfremde im Balanceakt eingelebter Biographien. Fremde Menschen, die nach und nach eingereist und Land geworden sind. Ein Ort, der sich durch sie verändert hat und Migrationsadresse wurde für nahezu dreißig Familien aus Málaga, um nur eine der mediterranen Minderheiten zu erwähnen, die eingetroffen wurden oder sind. Das liegt für viele weit zurück und zerstreut in den Sechzigern und Siebzigern des vergangenen Jahrhunderts, war Wanderung und Hoffnungssehnsucht Norden. Die einen nennen diese Notkunft »Wahlheimat«, die anderen vermuten Zerrissenheit auf diesem Weg. Ich hingegen fühle mich einfach nur behaust und uferkämmend in diesem grünen Meer, das nach Wald und Dämmerfeuchte riecht. Nach Luft, die luftschmeckt, und nach Gedanken, die Gefühle münden; die zur Besinnung kommend, weiterreisen und ein MEHR sich ergründen, an Identitäten. Beileibe nicht Verlust.

Augenfällig sind Geranien, Gartenzwerge Kult. Trotz rührigem Gemeindewohl wachsen hier noch keine Feigen, wenngleich man hin und wieder ein paar Bananenstauden sieht und Palmen in imitierten Terracotta-Trögen. Oder Kakteen, die verlorener und scheuer wirken, als je ein *Rügschmeckter* exotisch sein könnte. Es gibt weder Ghettos, Hochhaus- oder Straßenschluchten, noch bietet sich dem Ohr ein Kreuzworträtsel aus quer gespreizter Lärmverknotung. Dafür Gassen, echtes, falsches Fachwerk und Schotterwege, die – das wohl – längst schon verlassen wurden und ein ausgefranstes Lebens-Abc berühren, das nicht mehr stimmig scheint. Ein Alphabet, das virtuelle Neuzeit formatiert, die dabei ebenso und unverhofft im netzglobalen Absturz landet wie anderswo. Ja, auch hier ist alles in zweiter Linie Scheunentor und Türschloss-Chip, vage Gleichzeitigkeit geworden und doch verführerisch abschaltbarer in den Dimensionen ihrer Auswirkungen.

Provinz in dieser Stadt war immer Mut und Geduld, Ärgernis und Möglichkeit im Wechselspiel.

So hat Hausach als Theater Laienbühnenbretter, scheut Hightechbauten, die das Tageslicht verschlingen oder künstlich installieren, wiewohl architekturelle Sonderlinge nicht zu verbergen sind. Es gibt auch keinen

Lustpark, kein Spielcasino und im Grunde keine Szenekneipen. Es sei denn, ein Verschnaufen der jeweiligen an verschiedengleichen Theken wäre schon Szenengehalt unter ähnlichen Zapfhähnen. Auch nicht McDies, McJenes und – man staune – nicht einmal ein Kulturamt, das als solches ohne das Synonym »Touristinfo« wirklich zu begreifen wäre. Dafür Bürgermeister, die kommen, gehen, Spuren hinterlassen (oder auch keine); en masse Vereine; ich glaube, ein, zwei Kommunisten und rechte Besserwisser. Und die, die keine Schatten werfen. Es gibt Refugien in die Klausur, die den Weitgereisten im Hiergebliebenen überzeugen: das vermummte Ausgelächter im Jänner oder Februar. Fastnacht heißt in diesen Breitengraden zur 5. Jahreszeit dann *Fasent*. Innertaumel, Maskenfieber. Ausbruch. Rhythmus. Trommelschlag. Lupenrand und Langsamkeit des Abgelegenen ins Abgelegte der Routine. Nicht City, Modetrend und ganzjähriges *dernier-cri*-Getöse. Dafür *Städtle*, Dorf und Überschaubarkeit der Offenrätsel aus Bürger, Industrie und Arbeitsstadt; Vorwärtsträumen, Narren, Niederlagen. Immer wieder alemannisch erdverbunden Traditionen. Und die, die sonst hier leben, die gibt es auch.

Dieser Ort ist Landschaftsuhr, die den Menschen den Zeitmangel stundet. Lebensbahnen, die aufgeworfen wurden im scheinbar Grobgepflügteren. Ein Tälerfächer, der ständig Horizonte schneist, weil der Wald mit seinem Sog aus Nadelwerk und Tannendunkel ins Hören einlädt. Felderbestimmt. Ein Horchen in Vorüberheiten. Und Lichtverhalten gibt es hier. Wahrnehmung der Lichterzeiten in den Gesichtern, die Kalender tragen. Erdher eingewoben, ein Grün lang nachspurbar. Eine Art Beruhigung der Wissensfluten meiner vielen Reisen.

Bisweilen bin ich versucht, die Sprache auf den Kopf zu stellen. Dann schreibe ich unter anderem »achHaus!« und »waldSchwarz!« Aber auch das ist eine Umschrift aus Passion. Ein Wortspiel in die vernarbte Zärtlichkeit einer Umgebung und ihrer Bewohner, die mir Rast und Unruh sind. Zugleich Gedächtnis werden und Erlebtes aufreiben aus den Revieren der Kindertage in die Ereignisse schierer Gegenwart. Aufgelesenes Bildwörterbuch, das nachgedeutet Blattfall ist und Antwort sucht. Sie schließlich findet in den parallelen Atemzügen dieser Welt und ihrer Lebensentwürfe. Ich erfahre hier das scheinbar Große im scheinbar Kleinen: Traum und Altheit, Sinn und *Ohnsinn*.

Sprachgetrieben ist dann mein Ort versöhnend. Eine Art Kontemplation. Einsamkeit, die anders war und ist. Sie pulst in diesem Landstrich entschleunigter als in der »großen Stadt«. Das macht seine Größe aus. Hausach ist mir deshalb immer Herkunftsnähe und Abschiedsort der unwägbaren Zugehörigkeit. Komplizenschaft, die, von den lichtgefütterten Hängen der Berglandschaften aus betrachtet, klarer wird. Fühl- und nachdenkbare Einkehr, um erneut aufzubrechen in die Widersprüche, Begegnungen und Alltäglichkeiten. Ganz auf mich zurückgeworfen. Einen Gedanken, ein Gefühl filigraner ist dann dieser Ort und unbequem. Im vertrauten Trotz ein Fetzen Heimat. Mit einem Menschenschlag, den ich verstehe, wo ich ihn nicht begreife, weil ich dazugehöre.

Es gibt Augenblicke, die nur hier sind. Am *Schmutzige Dunnschdig* abends. Am Donnerstag vor der alljährlichen Fastnacht alemannischer Couleur. Dann hallt ein zerbeultes Ölfass der Stadt einen Rhythmus zu, der Hausach ist. Der aus allen Häusern Menschen auf die Straßen treibt. Und die Nacht im Januar oder Februar ist nicht mehr nur ein unterkühlt abweisendes Schwarz, vielmehr beseeltes Dunkel. Ein Unterschlupf im Freien. Es treffen sich Gestalten, die plötzlich und schemenhaft auftauchen und eine Urmusik arrangieren, die sichtbar wird im Einklang mit dem satten, den Takt vorgebenden Trommelschlag. Ein Silhouetten-Umzug durch die Straßen und Gassen im Städtle. Was gespenstisch und unheimlich anmutet, ist nichts anderes als Trance der Ausgezehrten im Schutz aus Schatten und Konturen. *Katzenmusik*, die seelenspiegelt. Lautgehobener Zuspruch aus der Einsamkeit des Anderen im unbekannten Ich. Der jahrhundertealte *Haische-Brauch* ist ein Ritual geworden, das jeden in sich selber anruft und um die Moll-Stimmung als Amboss weiß, der die Umherziehenden im dunklen Ton verbündet. Sich und das Gemeinsame meint und das zur selben Stund auf einem Abfallstück aus Eisen, Blech oder Metall ins Narren-Echo folgt. Allen voran aus Papier ein Mond, der mitgeführte kerzenhelle Mond, der in den finsteren Straßen ein Lichtfuß wird mit Eselsohren samt Marotte und heiter *schämmen*grinst.

Kuckuckskrank bin ich nicht. Und »Zigeuner«? Allenfalls einer ohne Sippe. Womöglich belebe ich mich ja ständig irgendwo dazwischen. Auf einer Mooslichtung. Nester suchend und Bündel packend, die man heute Koffer nennt. Und bin einfach nur derjenige, der immer wieder in diese Landschaft und ihren Ort zurückkehrt, ohne wirklich wegzugehen, jemals weggegangen zu sein. Das ist beruhigend. Derjenige, der in dieser Stadt die Menschenorte als einer mehr mit- und herschreibt. Aufgestaunt und eins mit einer Gegend, die ihn immer wieder wortgebiert.

wortaus, wortein

in Vorüberheiten

manchmal kann ein einzelnes Gedicht die Welt erklären

bisweilen genügt es, ein Buch, das vor einem liegt, an einer unerwarteten Stelle einfach nur aufzuschlagen und in ihm für eine kurze Zeit innezuhalten. Vielleicht gar für die Verweildauer eines Gedankens oder einer Gefühlsregung in dieser oder jener Verszeile einzukehren, einem Wort nachzublicken oder einem unverhofften Bild die Sinne zu leihen, um anschließend in Sprache weiterzureisen. Wie in einem ersehnten Zug, in den man irgendwann doch immer wieder einsteigt, ohne ein bestimmtes Ziel vor Augen. Ein Zug, den man dann irgendwo ebenso wieder verlässt, wenn man glaubt, angekommen zu sein. Mehr ist nicht zu sagen als dies: *»1 / gegengleis im kopf / überallhin. Heuer die vogelperspektive«*. Davon das Unbestimmte

so stelle ich mir Vaters Ankunft vor 1 Zug 1 W: *erden* 1 Verwaisen

1960 und im Schwarzwälder Winter, Schneeberge abtastend. Die Herkunft nachziehend. Fremdlings Fußzeichnungen im Schnee, die dem dezemberdunklen Ort gerade noch soviel Kontur ins Hellere schenkten, dass er die ersten Schritte in Deutschland vorausgehen konnte. Schritte ins unbeschriebene Weiß, die Ränder ahnend und einen Schnee lang seinen Namen ins Neuland beschriftend. Ein Schnee, der die Mauern nicht gänzlich bedeckte, lediglich ihre Ritzen. Ein kälteres Moos. 1 Verwehtes, das war und ist: Vorüberheit

vielleicht war es aber gar nicht Winter, als er ankam. Vielleicht war es ein Sommer, in dem wie zufällig Schnee lag, ein Frühjahr, ein Herbst

und vielleicht spielen deshalb die Jahreszeiten überhaupt keine Rolle für ein Ankommen, das nie ankommt und doch sein Ziel fand

Schreiben und Worte aufstöbern

aufstöbern wie Jäger verstecktes Wild, um selbst Gejagter zu werden vor vertrauten Buchstaben. Ruhelos Wortwechsel, Fährtenspur, Rast zu weiden. In Worten sein. Zart. Zart wie Fingerkuppen, die sich einstreicheln in fremder Haut. Heute suche ich wie morgen schon nach meinen Sprachen

Mondzunge und *lengua luna*. Dämmerbleiches Licht und Schattenschimmer, die ein Sprechen wurden und mir die Geschlechter-Monde zutrauten. Sie bleiben mir nah, die versöhnten Mond-Wörter, die sich berührten

da war ein Haus, das zwei Häuser war. Zwei Häuser, die zwei Kulturen verleibten. Ein Haus und zwei Stockwerke, zwei Sprachen. Offene Fenster und Türen, Luken in Reisen. Längst im Mehrfachen angekommen.

Der alemannische Dialekt im ersten Stock, das Andalusische im zweiten. Dazwischen Treppenstufen ohne grammatikalisches Geschlecht. Entwurf ins Spiel um die Bedeutungen: Wortes Körper und Wortes Seele. Ein paar Treppenstufen nur, die trennten und verbanden

Mondin & Mond: *la luna*, *1 Mond*. Weiblich die eine, männlich der andere

eintauchen. Einfach eintauchen in diesen Fluss aus Vätern und Vorvätern, aus Müttern schließlich. Ahnen und Aufatmen. Selbstverständlich leise, selbstverständlich laut. Treiben in das längst Abgelegte, Entfernte. Einatmen in Sprachfetzen, um vielleicht jenen Sprachhütern und Alphabestien zu begegnen, die mich zu den Maulwürfen antreiben

ich, Wortmensch Erde, will Sprachen wie Gastgeber Freunde

in diesen Nächten, Morgengrauen plötzlich, aus Vergangenheit, Tage aus schier Erdachtem, finden sich stets eigenartige Leben ein. Versatzstücke wie Landzungen. Biografien und entlegene Erzählungen haben ihren Auftritt. Monologe aus gestillter Lust. Abgediente Kulissen eines unterbrochenen Theaterstückes in ständiger Uraufführung leisten mir Gesellschaft und stellen allzu oft als uneingeladene Gäste meine Welt an Haltungen und Vorstellungen auf den Kopf. Eindringlinge auf Wanderbühnen. Uferjäger. Scheue Liebhaber unter Tage wie Spießgesellen

Erinnerungen an eine Kindheit im Schwarzwald. Eingeprägte Zeitbilder aus Sommerabenden und Heugabeln, *Fongis* nach getaner Arbeit und *Haihopfe* mit den Nachbarkindern in der Abenddämmerung. Das Glockengeläut zur Betzeit und die Ermahnungen der Erwachsenen im Ohr. Die ständigen Rügen danach, um erschöpft ins Bett zu fallen. Die Vorfreude auf den nächsten Morgen. Die ersten Sonnenstrahlen und frisch abgemähtes Gras. Sensenzischen. Feuchtgrün. Saftgeschmack. So roch der Tag nach Tag. So roch Kindheit nach kurzärmligen Sommern

Tage auf leichten Sohlen, an denen Moos, Johannisbeersaft und Quittenbäume ins Vergessen verführten. Ich konnte und durfte träumen. Ohne mir in meinem kleinen und dennoch großen Universum wirklich im Klaren darüber zu sein, was Träume sind und was nicht. Im Sommer träumte ich, so wie ich im Herbst einfach nur zahme Angst empfand, vor jenen monströsen und lichtfressenden Wolken in Deckung ging und Drachen steigen ließ, um doch noch Herr der Lage zu werden – *Señorito* im Wettergestöber vor grauer Leinwand, der mit seinen Sorgen und Nöten um die Rockzipfel seiner Mutter schlich, wenn sie die Wäsche aufhing, Wind ihre Nähe herbarg und Sturm Schutz bedeutete

im Winter lag Schnee. Viel Schnee. Ich liebkose heute noch die zugeschneiten Nachmittage. Erinnere mich an die Schlittenfahrten, die Todesschluchten und die Orangen in meinen Fäustlingen. Geruch des Südens auf Transitstrecken wie durchwachte Nächte auf einer Heimatfahrt nach Andalusien. An Marmeladebrote, meistens dick geschmiert mit *Erdbeerschlecks* oder Kirschengelee, und an die greise Wärme unseres Holzofens, der es uns nach den abenteuerlichen Abfahrten über selbst angelegte Eisbahnen erlaubte, aufzutauen. »Bahnfrei, Kartoffelbrei un e Stickle Wurscht debei!« Augenblicke einer Kindheit, in der ich war wie jeder andere auch. Ein Kenner der heimischen Spiele

und doch stahl sich aus jenen unscheinbaren Idyllen noch jemand mit seiner nicht zu verleugnenden Gegenwart hinaus. Ungetrübt neugierig, bisweilen verletzt. Jemand, der nicht dazugehörte. Zumindest nicht unbeobachtet zum wohlverdienten Speckvesper nach dem Akkordheuen, das die Nachbarn in ungeahnter Hilfsbereitschaft gegen die herannahenden und heimtückischen Augustgewitter zusammengerufen hatte, oder in die Winterlandschaften samt nährenden Schmalzbroten, selbst gestrickten Wollmützen und rot gefrorenen Nasen passen wollte. Und dieser *Jemand,* genau der, baute sich mit den Lügen der Zeit ein eigentümliches Gemach aus Fragen und Wünschen

ich hatte mir einen geheimen Unterschlupf aufgespürt und ausgebaut. Ein Herzversteck für den Fall, dass der Andere in mir auszubrechen drohte. Derjenige nämlich, der am Sonntagnachmittag, für den ersteren völlig unverständlich, einen Matrosenanzug tragen musste. Quasi à la minute stattlich matrosenweiß und goldknöpfig verziert dreinblickte, sich darüber natürlich maßlos bzw. maßgeschneidert ärgerte und stocksteif dastand, weil er viel lieber in den an das Haus angrenzenden Wald entwischt wäre, um Räuber und Gendarm zu spielen. Doch es kam, jeglichem Widerstand zum Trotze, immer so, wie es sonntags kommen musste. Tradition geworden, mit fast welterschütternder Regelmäßigkeit zelebriert, wurde er mit circa zwanzig Erwachsenen – wobei die exakte Zahl wirklich keine bedeutende Rolle spielt – zum Spaziergang verdonnert und ging auf Grund seines mittelmeerisch aufgetragenen äußeren Erscheinungsbildes murrend, aber folgsam seinen Weg auf dieser sonntäglichen Andalusienrallye der dahinpromenierenden spanischen Erziehungsberechtigten samt Schutzbefohlenen. Laufsteg frei für Sofapüppchen auf Schotterwegen. Brauchtumspflege *Al-Andaluz* vor alemannischem Weidmannsheil. Blieb ihm ja auch nichts anderes übrig. Denn aus Erfahrung wusste er, wie heimtückisch Schwarzwälder Grasflecken sein konnten, wenn sie einen weißen Marineanzug schmückten, der dort entlanggestreift war, wo er nicht hingehörte. Obwohl Grün und Weiß im eigentlichen Sinne die andalusischen Landesfarben, in Umrissen zumindest, anzudeuten wussten

ich konnte mich schon damals des Eindruckes nicht erwehren, dass wir am Sonntag auffallend eigen, für alle Deutschen sichtbar spanischer – was immer man auch heute mit diesen abstrusen und unseligen Begriffen meinen mag – zugange waren als unter der Woche. Der südländische *Gruppenhock* – per pedes, mit allen muselmanischen Reminiszenzen und hebräischen Urlauten daherschlurfend – schien sich am Tag des Herrn um ein Vielfaches feuriger entladen zu wollen. Das musste wohl so sein, wenn sich die andalusischen Spanier aus jenem kleinen Ort im Schwarzwald zusammenfanden, um auf ihren gemeinsamen Ausflügen, die vor Geschwindigkeitskontrolliertheit alle Negativrekorde zu brechen drohten und nicht unverdient als Vorläufer der verkehrsberuhigten Zonen gelten dürfen – eine Stunde oft für sage und gehe einhundert Meter zurückgelegter Wegstrecke –, einfach nur um luftzuwandeln, von Auberginen, Datteln und fetten, roten Fleischtomaten zu träumen und auf diesen iberisch spazierten *paseos* die weltverlorenen Meilensteine zwischen Andalusien und dem Schwarzwaldstädtchen, zwischen Alltag und Sehnsucht verwischen zu lassen. Kilometer um Kilometer, die sich beugten, die zurückdrängten

wir Kinder waren immer dabei. Unter schier nicht zu ertragenden und doch auch angenehm verhätschelnden Aufmerksamkeiten. Eingespielte Rituale wie ferne Stimmen aus verkratzten Schellackplatten. Liebevoll behütet. Aufbewahrt. Hervorgeholt

da waren Schokoladeschnitten mit Bananen und Zuckerwasser für den Durst – unter Küssen, Liebkosungen und erhobenen Zeigefingern, wilddurcheinandergestikulierenden Händen, die sich mehr als nur einmal verirrten, ausrutschten, verfingen und sich in ausgesuchte Ohrfeigen der fernen Heimat verwandelten. Kulinarische Backenfrüchte für *Früchtchen* als dreingegebenes Süddessert sozusagen, die wir bitter schmeckten, zärtlich verspürten und stolz empfingen. Wir ließen uns nicht lumpen. Niemals. Ein Matrosenanzug erforderte schließlich Haltung, Disziplin

wir Kinder waren immer dabei. Zubereitet, umsorgt und geliebt. Gingen verschwenderisch eingepackt und erduldend unsere alemannische *Ramblas* entlang, an Blumenständen und Vogelhändlern vorbei, die es nur in unserer Vorstellung gab, und streiften auf unserem Weg immer wieder den äußersten Rand einer *plaza*, die am Sonntag auf der Prachtstraße der Erinnerungen vor unseren Augen zum Leben erwachte. Eine *Plaza Mayor*, deren Geschichten, Beiläufigkeiten und Tragödien die Alten weinen ließen, die Erwachsenen zum Nachdenken brachten und die Kinder ins Lachen verführten

da war niemand, der sie stören, niemand, der sie auch nur einen Millimeter in die Andersprache verrücken konnte. Weder sie noch ihre Kinder

wir Schützlinge mussten wohl in den Augen der Fremden – der Eingesessenen, die für uns ja die Fremden waren –, ein seltsames Bild abgegeben haben, so brav und lustvoll lustlos daherwandelnd und zu den prächtigsten Ausstellungsstücken herausmodelliert, die jene spanische Lebensart in der *emigración* hervorzubringen vermochte leicht aufgebracht und staunend zugleich, bewegten wir uns am göttlichen Ruhetag in einem Heimweh-Konvoi. Hinter uns die Träume, vor uns die Phantasien. In Sprachen, Begehren, Gedächtnisse, Schweigen, Wehklagen und Kochrezepte gezerrt und mir nichts, dir nichts in die Illusionen der Erwachsenen gesperrt, die wir zwar werktags in nicht minder wunderlichen Episoden zwischen dem Schichtwechsel unserer Eltern auch miterleben durften, als Tischlein-deck-dich-Wirklichkeit wie mitgebrachter Nippes und Porzellanfigürchen – Alltagsglanz wie Überfälle –, uns aber erst am Wochenende, aber dann in voller Pracht und Blüte zu kleinen und kleinsten Spaniern werden ließ. Zeit war nicht von Bedeutung. Die Stempeluhren stillgelegt

ich wurde also spanisch herausgeputzt und fertiggemacht. Gewaschen, gestriegelt und parfümiert. *Heno de Pravia* hieß das Zeugs. Ich roch kilometerweit gegen den Wind. Land und Leute durchdringend nach jener spanischen Duftnote, die nach Urvätern schmeckte, das Herkunftsrevier markierte und demzufolge nach jedem Heimaturlaub gleich literweise in Kehl über den Zoll geschmuggelt worden war. Sonntags wusste ich, wozu. Werktags hingegen kam ich in derselben Leichtfertigkeit und Geschmacksfülle nicht umhin, mit einem strapazierfähigen und deftigen *Lederarsch* um den Hintern gespannt, ein wohlgenährter *Schwarzwälder Bue* zu werden. Losgelassen auf eine Sprache, die nach Erde roch, Tote vergessen machte und die uns – das wurde mir viel später erst klar – eigentlich ablehnte. Ablehnen musste. Deutsch und doch nicht deutsch. Spanisch und doch nicht spanisch. In Bewegung: Ich. Dazwischen: Bewusstes

ein Kenner der heimischen Spielregeln, der zusehends außerhalb stand, je tiefer er in das Spiel hineinrutschte, die Regeln beherrschte, um sie heute noch zu durchbrechen

mein kleiner Unterschlupf, mein besonderes Versteck, befand sich damals unter einem *Trippel,* einem alternden Holzanbau auf Stelzen, der einer Veranda gleichen sollte. Mein Ort. Hinter gewaltigen *Holzbüge*. Aufgeschichtet gegen die zu erwartende Kälte im Winter:

ein Schreibtisch, den ich mir aus stibitzten Obstkisten zusammengezimmert hatte, Papier – weggeworfene Überbleibsel aus Rechnungen und Kontoauszügen, die ich vor dem sicheren Feuertod gerettet hatte – und Bleistifte. Heimliche Freunde. Wir waren beide auf der Suche nach Sprache

ich und der Andere

wortaus, wortein.
Vuelo de luto

im dorf im stillgelegten fabrikgebäude
die RUSSEN [auch die nicht-
russen sind hier russen]. Schreibe »übergang &
fluchtdomizil
die dünnschaligen wände der eierkartons«. Wurzel-
grind *plus* behausung *minus* quadratmeter. Schreibe
»zubring und gleis«
& folglich »zeit *mal* vergessen« *gleich*
verzeiten im wort-
gefallenen im sprachfällenden maul-
sprechstück: »russen
sind hier russen« [not-
schlupf & haftbild SCHMERZ
MINIATOUREN barackenlang]. Daneben
1 fluss die laufzeit & halbwertszeit der fremde [ab-
geworbene schienenmetapher]. Davor
1 bahndamm [unterführt] 1 vorland [vater
traf sich dort auf spanisch]. »Die Sehnsucht fährt
schwarz«
& imaginiert. Meistens
eine männerrunde [LANDBRÜCHIGE]
mit einkaufstasche &
eigensinniger obstgrund, nachgetauft *Los Perales*
[BIRNBAUMUFER / BRENNESSELTUNNEL]
im plauderton kleine regengerinnsel
& ferngeheime kakteenfrucht »anda-

lusisches terrassenufer« & baumfeldecho dörrschoß
[narbenerde]
rindenfrakturen der herkunft *mal* koffergedächtnisse
inhalt aufs fenstersims gestellt
die zugebrachten kalender. Zubringjahre. Davor
1 efeugerippe 1 spielplatz davor 1 güllewagen danach
radfahrer hunde herrschaften 1 rutschbahn 1
gegengleis im kopf
überallhin. Heuer die vogelperspektive. Davon

»flug von trauer«
las ich beim Sohn des Eisenbahners. *Vuelo*
de luto

In jedem Fluss mündet ein Meer

Das große Wasser stellte ich mir immer hinter den Bergen vor. Nach den Wäldern das Meer. Als Kind glaubte ich, dass die lauen Sommerabende im Stande wären, mich über die Nadelbäume zu tragen. Leicht wie Pulverschnee und immer dem Olivengeruch der Sonne nach. Damals gab es noch keine Wörter, die den Rosmarin gerochen, die Tannenschwere begriffen hätten. In meinem Träumen trafen sich Stimmen, die nicht sprachen. Sie schweigen bis heute.

Erinnerungen sind Reisende. Zeitpilger ohne Wiederkehr auf Wanderbühnen, die Bahnhöfe erzählen. Ankunft und Abschied. Ein Lichtvergleiten aus Nähe und Entfernung. Kilometer um Kilometer, die sich antragen, ergeben, lösen. Imaginär und wirklich. Windmühlenflügel, Grabinschrift. Ein Verkämpfen in Sprache, die wird und Wörter anrichtet: Ich lernte *Andalucía*, *Wunderfitz*, *Madengele*, *amapola*, *Akkordarbeit* und *Stempeluhr*. *Heimat*, *Gastling*, *patria*. *Matrosenanzug*, *Lederarsch*, *Transitnächte*: Fragmente künftiger Orte, die heuer die Finger ins Bildgestöber strecken, als müssten die Wege nachgeplündert werden.

Ich folge den Spuren. Dort wohnten wir. Im Kinzigtal. Und aus den Votivgaben der fremdvertrauten Gefühle und Gedanken wurden Jahre, denen wir die Hand versagten oder auch nicht. Hand, die sich heute an die Ufer rettet, die Geschichten sind und nach *Meertau* schmecken. Gedenken und Verfühlen. Ihre Lautlosigkeit, die sich allmählich vernäht. »Ich weiß nicht, bist Du der Durst oder das Wasser auf meinem Weg«, hatte Antonio Machado ins letzte Jahrhundert geschrieben. Wie für ihn. Wie für Vater.

Er war 26, als er nach Deutschland kam.

Dem Verständigen reichen wenige Worte. Vater sollte immer ein Sprichwort parat haben: *Al buen entendedor pocas palabras bastan*. Und wenn es denn nicht ein Sprichwort werden wollte, dann doch zumindest eine Redewendung, ein Bonmot oder ein *piropo*. Jene durch und durch quijoteske Minne, in ein paar unbestechlich südlichen Worten einer schönen Frau ein poetisches Kompliment zuzuwerfen oder einen sinnlichen Satz in deren Anmut zu streicheln, über den sie sodann wie eine Edeldame, wenn nicht gar wie *Doña Dulcinea del Toboso* höchstselbst und aus dem Buch der Ritterbücher auferstanden mit feierlicher Grazie schreiten oder stolpern konnte. Der Reiz der Sprache vor der Sprache machte schweben und uns Kinder staunen.

Die Magie, sprich *duende*, die Sinnlichkeiten auszukosten, verließ ihn selten, um nicht zu sagen niemals. Bis er starb. Er verstand es, aus der Poesie der unverhofften Augenblicke das Dumpfe aufzuheben und *Aufenthaltsgenehmigung*, *Fabriktor*, *Passkontrolle* ins Geborstene der Wanderfabel zu versöhnen. Selbst dort, wo die alemannische Kulisse ein Verschlosseneres heraufbeschwor und er sein Sprechen in Schneehandschuhe stecken musste, um die Illusion der Ankunft warmzureiben und das erhitzte Herz abkühlen zu lassen. Herz heißt auf spanisch *corazón* und war seinerzeit noch nicht zu übersetzen. Und *Herzensbildung* war ein Wort in Unruh.

Er wusste Bescheid, und selbst die kühlere Variation seiner freien Verse war noch derart mediterran beschaffen, dass er einer Frau mit einem klingenden Wörterfächer – »*Ay*, deine Füße sind so zierlich, dass du in der Krone der Unbefleckten Empfängnis einen Tango tanzen könntest!« – einen Kosenamen gab. Sein Charme war Zuflucht, Weltkomplize, Täuschung, die im harschen Zeitgestöber der sechziger Jahre einen Blumenteppich aus Nelken und Wohlgerüchen knüpften, der allen Santissimae, allen Jungfrauen Andalusiens zusammengenommen zur heiligsten Ehre gereicht hätte: Der *Virgen de la Macarena*, der *Virgen del Rocío*, der *Virgen de la Ó*. Und wie sie sonst noch alle heißen mögen und doch nur eine meinen.

Von *Maria zu den Ketten* und *Maria in der Tanne* war es schließlich nicht mehr weit bis zur Karwoche daheim im Spanischen. Und Andalusien schien dem Schwarzwald wie vermuttert. Von Málaga nach Hausach spannte sich ein Rosenkranz. Die Alltagsgebete hingegen sahen anders aus. Vom *mea culpa* ganz zu schweigen. Der Schwarzwald gab sich dunkel störrisch und Andalusien war ein Esel. Verbrüdert allenfalls im Grau.

Aus den weniger sensiblen Alltagsgesten konnte

folglich eine handfestere Bekundung seiner Welt ebenso die verbale Runde machen. Dann würzte und verschärfte er die Sätze mit Zwiebelringen, Knoblauch und mit reichlich Pfeffer, um ein herzhafteres, wenngleich nicht ungesünderes Mahl in Worten aufzufahren. *Herr Schluckauf Plump*, *Frau Matterhorn*. Der Meister war *die Stechschrittsocke*. Die Eleganz der Sprache braucht immer auch ihr Gegenteil. Was wäre Ernst ohne Humor, und was Humor ohne den längst gepflanzten Galgen? Vater nahm sein Leben täglich. So konnte er auch lachen. Bis zum Schluss. Das Ghetto inbegriffen.

Erst vor Kurzem bin ich meinem Vater wieder einmal begegnet. Fast zehn Jahre nach seinem Tod. Unerwartet und in ganz anderen Zusammenhängen. In Innsbruck. Im *Brenner-Archiv.* Nicht dass er akademisch-literarisch gebildet gewesen wäre. Weit gefehlt. Es gab in unserer Hausbibliothek – ein kurzes Brett – neben der Bibel nur ein paar jener vokabelheftgroßen Schicksalsnovellen von Corín Tellado, die Mutter zu jeder passenden und unpassenden Gelegenheit verschlang wie das tägliche Brot oder genüsslich auf der Zunge zergehen ließ wie Pralinen. Letzten Endes wohl die beiden nackten Gaumengründe, weshalb sie nach Deutschland gekommen waren und Mütter und Väter und Ahnen gegen einen Arbeitsplatz verhandelten: Das tägliche Brot im fernen Norden und die nach allen Regeln der Verführung verfeinerte Schokolade einer wie auch immer gearteten Vorstellung vom Land, wo Milch ein Tausch aus Honig und aus Schrauben …

Die melodramatisch komponierten Verhängnisse der Tellado, ihre vor Leidenschaft und Intrigen strotzenden Liebesgeschichten und wöchentlich publizierten Affären fanden sich überall wieder in den knapp unter 50 qm, die wir zu siebt miteinander teilten. Im Wohnzimmer auf dem Büffet, in der Küche neben dem alten Aluminiumsieb der Großmutter, auf der Toilette und natürlich in jeder der ausgebeulten Taschen ihrer Kittelschürzen.

Vater hielt sich eher an die Sportzeitung. *El Marca.* Fußballtabellen, Schnappschüsse, Kommentare, die es samstags im nahen Offenburg am Bahnhofskiosk zu holen galt, und an ein paar, wiewohl Bände sprechende spanische Lexika, die uns zu jedem Namenstag so sicher waren wie die orakelhafte Verkündigung, dass wir bald in die Heimat zurückkehren würden. »Im nächsten Jahr«, sagte Vater, und meinte »mañana«. Was soviel bedeuten sollte – das weiß ich heute besser – wie »morgen, *hombre*, morgen«. Und damit am St. Nimmerleinstag.

Es gab ein Lexikon der Geographie, eins der Geschichte – *made in Franco-Spain* – und die Unterweisung in der Kunst des Briefeschreibens. Eine Grammatik, ein Wörterbuch der Synonyme und einen Schmöker zu Kunst und Literatur der Welt. Dicke Wälzer – so dachte er – gegen das Analphabetentum, aus dem er selber lohngeflohen war. Aber vor allem legte er uns Kindern *El libro del Saber* ans Herz. Das allumfassende *Buch des Wissens.* Eine Art Nachschlagwerk der allgemeinen Bildung, in dem alles eindeutig begriffen werden sollte und damit nichts erfasst werden konnte. Besagtes Buch war das *gratin* aus Hohn und Überheblichkeit. Was deutsch auf spanisch war, konnte ich in jenem illuminierenden Buch der Universalien mit lexikalischer Beweiskraft anschauen und national studieren. Eine blasse Farbzeichnung trieb das sogenannte Wissen auf den Gipfel aller Erkenntnishöhen: Ein kleiner, mit derselben Leibesfülle wie Sancho Pansa ausgestatteter Mann in kurzen speckig glänzenden Lederhosen – natürlich einen Seppl-Hut auf dem Kopf – samt hochgestemmtem Bierkrug in der Hand, der noch größer schien als der ganze Kerl aus vergilbtem Gamsbart und Weißwurstbäckchen: das war *der* Deutsche. Ob von Atahualpa die federbunte Bilder-Rede war, den schnauzbärtigen Baguette-Franzosen oder von den Schottenröcken – die Farben trugen matt, schwarzweiß. Auch das war Franco-Spanien und seine Bücher.

Mit jenem seligen Schimmer in den Augen, der Geschichte wie eine makellose Perle aufblitzen lässt, hatte der Direktor des Brenner-Archivs seinen größten Schatz vor mir ausgebreitet. Die letzte Postkarte von Georg Trakl. Adressiert an seinen Freund und Gönner Ludwig von Ficker. Datiert am 27. Oktober 1914 in Krakau. Ein Testament. Mit Bleistift geschrieben. Und ebenso unscheinbar standen auf der Rückseite seine beiden Gedichte »Klage« und »Grodek«. So rückhaltlos eigen kann ein Vermächtnis daherkommen. »Schlaf und Tod, die düstern Adler«, hatte Trakl im Krankenbett notiert und von den »ungeborenen Enkeln« ist die Rede.

Als Vater 1995 während eines Heimaturlaubes starb, hinterließ er uns nicht viel und deshalb alles. Einen mit zusehends verblassender Tinte geschriebenen Einkaufszettel, der in Málaga auf dem Tisch lag, als ich den Geruch der Kindersommer gegen 24 Stunden Totenwache eintauschen musste. Und 35 Jahre Ankunft in Deutschland, die niemals angekommen war.

Die *Emigration* war eine Liste simpler Alltagswörter, die sich für die Dauer einer Sehnsucht im Schwarzwald ein Stelldichein gegeben hatten.

Fisch und *Fleisch* und *Brot* stand auf dem abgerissenen Blatt. Und *Sonnenbrille*, *Salz* und *Wein*. Und drunter *Hemd*, *Olivenöl* und *Zeitung*. Zum Schluss ein krummer Strich und die Summe der Tagesausgaben an jenem Todestag im August: Eine Winternacht des Ankunftslosen in der verschneitesten aller Sommernächte. In beide Himmelsrichtungen Ersatz und eine abgelebte Hoffnung. Ein verwaistes Meer und Zahlen.

Von Weitem betrachtet sehen die Kritzel noch heute aus wie Notate in ein Gedicht.

Dichtung und Nachhall. Eine Skizze ins Übersetzen

»Alles ist Meer, nirgends ein Bruch; vom höchsten Norden bis zum tiefsten Süden erlauben dieselben Fluten eine stetige Fahrt. So ist es auch mit den Sprachen: Dasselbe Gewässer, von anderen Ufern besehen, erlaubt die unendliche Reise rund um die Welt, ohne das Schiff zu verlassen, die Reise von Sprache zu Sprache. Abends auf See ein Wolkenband, weit entfernt, der Gipfel einer Insel, die sich eines Morgens aus den Fluten erhebt, und doch ist man immer auf See. Sprache ist, was zwischen den Sprachen auftaucht, und ist doch die See selbst, die uns trägt.«

Georges-Arthur Goldschmidt

El silencio

OYE, hijo mío, el silencio.
Es un silencio ondulado,
un silencio,
donde resbalan valles y ecos
y que inclina las frentes
hacia el suelo

Federico García Lorca

El grito

La elipse de un grito
va de monte
en monte

Desde los olivos,
será un arco iris negro
sobre la noche azul.

¡Ay!

Como un arco de viola,
el grito ha hecho vibrar
largas cuerdas del viento.

¡Ay!

(Las gentes de las cuevas
asoman sus velones.)

¡Ay!

Federico García Lorca

1934

Ich stelle mir vor: Andalusien.
Das Landesinnere und küstennah. An den Rändern
ins Innere des Südens. *Península Ibérica* hatten wir
gelernt und nachgesagt
und steil ansteigend unsere Phantasie geplündert. Die
Montes de Málaga. Ankunftssicher. Erreichbar
mit dem Aug. Von Weitem
schon herkunftsverbürgt. Höhenzug
um Höhenzug berggeheimer. In Strandnähe
Nordafrika im Überschaubaren der Geographie.

Ich stelle mir vor: Im Hinterland der *costa*
eine Behausung. Erd-
gebunden. Nicht Haus oder Hütte, sondern
Obdach, unter dem Tageszeiten leben und Nacht. Not-
dürftiges, dem Leibgeding ähnlich. Nur
provisorisch eigen. Verdingter
Unterschlupf. Eine *casita mata*. Die weibliche Unter-
kunft einer Behausung. Das Weibliche
aus Lehmziegel und Stroh. Geduldete Schoßwärme.
Ein im Wenigen,
ein im Winzigen des Teilbaren
wärmender H:ort. *Hogar*.

Ich vermeide das Wort Elend,
weil das Kärgliche im Land-
zuflüchtigen doch vertrauter scheint
als das Nomadenleben der Nichtsesshaften

und stelle mir vor: Ein Tal, (FELDER
MEER), das Meer in Feldwellen verlängernd
und nachahmend. »En éste campo
estuvo el mar« – Auf diesem Feld in diesem Feld
war das Meer – *dieses Feld war*
Meer – schreibt Miguel Hernández.

Ein Feldermeer also, nur stiller. Stillere See und
inmitten der Äcker
verstreutes Anleben gegen den Hunger.

Ich stelle mir vor: Trockenerde, Taglohn
und schwere Nachtluft. Sämiger
als die vom Tag ausgelegte. Nachtluft,
vom Olivendunkel her. Dazwischen
die in den Höhlen hausen. Land-
behausungen, die Haushöhlen sind:
1 Behaustes. Vielleicht mit *patio*
patio andaluz. Innenhof und Bleibe
ins Freiere der Gedanken,
der in den meisten *casitas* (»Kosewort«)
zur Herausforderung führt. Zur aufgemauerten
Feuerstelle. Ans Feuer. Herdfeuer,
das nicht immer brennen wollte.

Dort sehe ich, beiläufig schier, eine Salzvase
(amphorenförmig). Sonnengelb
mit grün angedeuteten Blätterblüten, Pinselmuster
ein Grün andeutend, ein Gefäß aus Ton, mehrere
Töpfe aus Blech, die an Nägeln hängen, grauweiß

gesprenkelte Pfannen, Näpfe
und *ollas*. Eine davon
scheint emailliert zu sein,
mit leicht abgesplitterten Haltegriffen und Rost-
spuren,
die nur sichtbar werden
nach dem schütteren Mahl oder davor. Ich sehe
einen Zopf Knoblauch an der Wand
über dem Tisch und fast aufgebraucht,
ein Kruzifix oder eine Christusfigur,
ein Madonnenbild, zwei Stühle,
binsengeflochten. Rechts vom Feuerplatz
ein *mortero*. Am Stößel Reste
von Zwiebeln & Zeit.

Una casita de campo also. *Una choza,*
cabaña. Nicht Bauernhof, nicht Stall,
nicht *finca* oder *cortijo*.

Es ist die Behausung von Tagelöhnern
am Vorvorabend des Bürgerkrieges,
vielleicht auch am Vorabend des Vorvorabends
und irgendwo
im Unzugänglicheren der Berge schon,
aber immer noch vom Nachtmeer berührt,
ist das Behauste
eine weißgetünchte, eine aus Verwitterung
und Kalk geweißelte *choza*.

Im Bild wird eine Tür erkennbar. *Un portal*,
zweiflüglig. Sie öffnet

die Behausung raumoffener. Ich glaube
die Tür ist aus Pinienholz. Auf den Holzplanken
die dicke, grüne Farbe
ins Andalusische. Mehrere Farbschichten. Eine
davon maurisch. Vor den Fenstern
Gitterstäbe und Jahre.

Ich stelle mir vor: zwei Menschen
in Andalusien. Ihr Alter
ist nicht genau festzulegen, allenfalls zu schätzen.
Auch dies eine Annäherung.
Ein Zweier-Porträt, schwarzweiß
und von der Brust aufwärts.
Ich werde irgendwann später herausfinden,
dass es zwei Fotos sind
zum gemeinsamen Erinnerungsbild
zusammengefügte Einzelaufnahmen. Handangelegt
und Fälschung im Nachhinein.

Ich sehe einen Mann
im grobgestrickten Leinenhemd, das Kopfhaar
voll noch, aber gilbweiß. Wie das Weiß
auf alten Fotos. Die Gesichtszüge ein Teil
der Landschaft. Seiner Landschaft. Die Augen
ins Erkennen zusammengekniffen. Ein Blick
ins Blitzlicht des Fotografen
oder in die Sonne, wer weiß. Sicher
aber ein Blick ins Nahe. Ein Blick, der nicht
glauben will,
was geschehen wird.

Sie
schaut sanfter. Ausgezehrt sanft. Ihre Haut
der seinen dennoch eins. Als hätte Haut
Haut nachgespürt im Alltäglichen der Felder.
Ich sehe die Schürze der Frau, eine Bluse
mit Stehkragen. Weißgraugilb
der Jahre. Die Haare geknotet. Verwitterte
Gesichtszüge,
nur feiner als seine.

Irgendwann drei Jahre danach,
werden beide erschossen.
Nachts.

Ich sehe ein Bild. Eine Fotografie
gewordene Aufnahme,
die bleibt. Zumindest
eine Ahnung eines Bildes und Geschichte,
die nicht mehr gemeuchelt werden kann.

Vater erzählte, es sei die Falange gewesen.

Sie hätten den Großonkel gesucht. Der Großonkel,
der jüngere Bruder des Großvaters väterlicherseits.
Der war aber
schon in Frankreich. Der Bruder. Die Großeltern
hätten nicht gewusst,
wo Frankreich liegt.

Wenn ich das Wort Falange nicht ausspreche, sondern
nur die Buchstaben betrachte, dann

reimt sich das Wort auf Schlange. Altes Motiv:
Versuchung Verrat

Im August 1937
war Lorca schon ein Jahr tot und Mutter
war ein paar Monate vor dem Jahrestag der Schüsse
auf der Straße nach Víznar
in Málaga, in der Nähe der Plaza de la Merced
geboren worden.

Der Großvater väterlicherseits starb
in den 50er Jahren.

Noch ahnte Mutter nichts davon,
dass sie mir irgendwann
ein Wiegenlied Lorcas singen würde. Noch
deutete nichts darauf hin, dass die beiden
Weißhaarigen auf dem Foto, das heute
in meinem Bücherregal in Deutschland
eine eigene Geschichte erzählt,
die Großeltern
ihres zukünftigen Mannes sein würden.
Gewesen sein würden.

Vater war drei,
als sie die Großeltern aus dem Behausten holten.
Nachts.
Die Falange kam nachts, so wie sie meistens
im Dunkel gierig wurde. Sie sagen, Großvater
sei dabei gewesen. Großvater

hätte den Bruder gesucht. Eigen-
händig.

Ich begreife nur das Wort »Bruder-
krieg«. *Bruderkrieg* ist mir näher als *Bürgerkrieg*.

Ich stelle mir vor: Andalusien.
Das Landesinnere und küstennah.
Am Geschichtsrand ins Innere zwei Tote. Zwei
vor einer Tür liegend. Meine Urgroßeltern.
Aufgebrochene Türen sind
in meiner Vorstellung. Großvater,
den ich nicht kannte, und Farbschichten.
Vom Olivendunkel her Grün und Rot
und Gitterstäbe. Auf Jahre hin Gitterstäbe
vor den Mündern.

Als Vater davon sprach, hörte ich
den *cante jondo* zum ersten Mal. Jahre später
und das Gedächtnis rhythmus-
sprechend, mit einer Stimme,
die nach innen sah und sich Verinnern herhörte. Leib-
schieres Ohr
dem Gedächtnis und schauend,
das Hören schauend.

Ich stelle mir vor Lorca, und wie er
sich das Gehörte verdichtete. Wie er
das Wort *grito* aus dem Verinnerten einbuchstabierte
und schaute. *Silencio* schaute. Schrei

und Stille, die Stille im Schrei vorweg-
nehmend, ahnbar. Ihm selber
ahnbar. In Granada vielleicht,
vielleicht in Fuentevaqueros. Vielleicht nur
in meinem Kopf.

Beide Gedichte wollte ich
in die deutsche Sprache holen. *El grito El silencio*.

El grito – Schrei oder Klageruf? *El silencio* –
die Stille
oder sich Stillen ins Schweigen? Aus dem Schweigen
Innerstille? Verinnerung? Ineinanderfließend
Schrei und Stille?

Noch sind mir nur Rohfassungen (ROHE
FASSUNG ins Mehrfache) gegeben, wenngleich
ich seit Jahren in beiden Gedichten schreibe. Vielleicht
werden sie immer
Rohfassung bleiben. Ich weiß, dieser Schrei
ist mehr als Schrei. Er ist Stumm-
schrei und Trauerruf und
intime Komplizenschaft der Klage. Nicht Lamento.
Schrei und Ruf vor dem Lamento
und danach. Und ich weiß, Klagesang ist mehr
als Schmerz des Einzelnen, der ihn erfährt, der
ihm schließlich wird. Er ist Schmerzheit
im Schweigenden des Stummen, weil Schweige-
Ruf von vielen, im Überlieferten, im An-
vertrauten die Stimme, die wird
im Einzelnen, der sich verbündet. (NOTKUNFT).

Unser Großonkel aus Paris
besuchte uns häufiger im Schwarzwald. *El tío,*
el francé. Der Franzosenonkel. Das war
in den 60er und 70er Jahren
im vorigen Jahrhundert. Seither
trägt die französische Sprache
etwas von Rettendem in sich, wenn ich sie höre.

El mar La mar Das Meer Die Meerin Der Meer

Die steinrollende, WORTSTEIN rollende Aufgabe der Übersetzenden ist es, eine Nachvollziehbarkeit der Herkunft zu entwerfen. Das Wort und seine Verhältnisse aus der Kultur der einen Sprache in die Kultur der anderen Sprache zu *sagen*. In der daraus entstehenden Spannung die Annäherung an den jeweiligen Ursprungstext zu gestalten, den es zum zweiten Mal herzuschöpfen gilt: Ein zweites Original.

El mar La mar Das Meer Die Meerin Der Meer. Was hier spielerische Wellenbewegung und Sprachfließen ist (Ankunft ins Sagen) spurt eine Geschichte her.

»Los madrileños« hatte unser Großvater mütterlicherseits immer wieder erzählt (Fischer war er an den Küsten Málagas und Schmuggler in den Hungerjahren des Bruderkrieges) »die Madrider kennen nur die Hälfte des Meeres. Denn sie sagen ausschließlich *el mar*. Wir Fischer in Andalusien aber, wir holen die Netze ins Überleben, und dabei verändert sich das Wort. Wenn wir im Morgengrauen zurückkehren und die Netze sind voll, dann sagen wir *la mar*. Kommen wir jedoch aus einer Nacht, die uns mit leeren Körben nach Hause gehen lässt, dann erst sagen wir *el mar*.«

Diese kleine Geschichte buchstabiert mir den Mut ins zu Sagende.

Nachdem Großvater längst tot war, sollte ich aus der Erinnerung an die Fischernetze und an ihn die ersten Zeilen in eine Verdichtung schreiben. Grammatikalisch korrekt wurde mein Meer in Deutschland ein sächliches. Irgendwann jedoch, als der Mut ins Erschriften der Welt größer wurde, konnte auch ich ins Weibliche erzählen und mir ein Wort ausdenken, das es vorher nicht gab: *die Meerin*.

Dieses Beispiel möge genügen, um zu verdeutlichen, dass ich nicht nur an den dudenkorrekt ausgelegten Richtschnüre einer Sprache entlang schreiben kann. Die parallele Wahrnehmung zweier Sprachen lässt mich die Dinge und ihre Verhältnisse ständig aus verschiedenen Perspektiven erleben. Augenblicke im Vergehenden in zwei Sprachen. Zuweilen bleiben Fetzen, die das Ganze nur erahnen. Dafür jedoch das Zerbrechliche herstellen.

Wenn es stimmt, dass das Geheimnis eines Gedichtes ausgespannt ist zwischen »Wort- und Nicht-Wort«, dann will auch ich im Akt des Schreibens diese Spannung aufsuchen, von der Hilde Domin spricht. So übersetze ich. So werde ich übersetzt. Jedes *Über-Setzen*, jedes Aufbrechen und Ankommen, ist mir deshalb immer auch Neusprache:

wassersprache

la mar machte
    kindsmäuler lachen

el mar war
    schambleiche trauer
    der väter

dem meermann
    die meerin

Schneekarten, vom Olivendunkel her

Viel wusste ich von jener Region Europas nicht, als ich meine Reise nach Finnland antrat. Vom Vogelwerden der Welt hatte ich gehört. Vom alten Mythos der Samen, wonach Gestirn und Kontinente aus den Eiern des Wasservogels entstanden seien. Die Welt folglich – so wahrscheinlich die Vorstellung der Nordländer – muss »ausgebrütet« worden sein. Zumindest schälte sich mir dieser Begriff aus meinen Assoziationen heraus, und – ich gebe es freimütig zu – er wurde zu einer verlockenden Welt-Phantasie angesichts diesseitiger Zustände, der ich mich, je mehr ich darüber nachdenke, nicht mehr entziehen kann: *Ausbrut*. Die ausgebrütete Welt oder Welt, die sich ausbrütet.

Bei einer finnischen Dichterin fand ich, in ein neuzeitliches, virtuelles Netz abtauchend, das mit den Fischernetzen eine ebenso spannende Ungewissheit gemein hat, einen kurzen poetologischen Einwurf, der mir schon beim ersten Satz zum Augenblick wurde: »I write, therefore I am.« Descartes im Hinterkopf und ohne Brille, hatte ich absichtlich oder versehentlich absichtlich aufgelesen: »I write, before I am« – *Ich schreibe, bevor ich bin.*

Mitgeschrieben, so wollte es aus mir lesen, werde ich immer auch von der Zeit vor mir und bin gleichzeitig doch erst nach dem, was mir Schreiben wird.

Satu Koskimies, die Dichterin aus Helsinki, wenn Sie wüsste, wie ich sie *aufgelesen* habe. Aber vielleicht würde sie mir meine Fahrlässigkeit nachsehen, wenn sie erführe, wie mein Auge sich diesen Satz aus dem Englischen ins Englische holte und er mir eigen wurde. In gleichem Maße, wie ich mich auch bei den Zeilen dieses Textes dabei ertappe, dass ich mich wieder einmal ins Bew:orten *gedankenfühle*, wo mir Sprache am nächsten wird. Dort nämlich, wo ich sie nicht verstehe und deshalb durch sie w:erde.

Über das Vertraute der Blick ins Fremde, um dadurch fragender oder gar fremd zu werden im Vertrauten: z.B. Helsinki – Tampere – Jyväskyllä. Eine stützende Fremdheit (in Sprache). Aus dem Deutschen kommend und aus dem Spanischen. Einem Sprechgebiet begegnend, das mich weder in die einen noch in die anderen mir muttersprachlich verhafteten Rhythmen äußerlich ablenkte.

Das Goethe-Institut in Helsinki hatte zu einer Lesereise geladen. Es war Dezember, und ich ging an Krücken. Ein winterlicher Zufall. Jedenfalls hoffte ich, dass die verordneten Geh-Hilfen kein schlechtes Omen sein würden. Kein vorweggenommenes Einstottern ins Winterfinnische.

Was wusste ich wirklich? Das Übliche natürlich. Günstigstenfalls ein paar Sätze mehr: *Wälder Seen Rentier Elch*. Vom finnischen Tango hatte ich gehört, von der finnischen Melancholie und dem Schneestand der Zeit in den langen Wintermonaten. Deshalb hatte ich vor, vom Melancholischen der Schneezeit, das sich wie ein Kristall aus der inneren Wärme der Kälte nährt, zu lernen. Von all dem, was ich wusste oder gehört hatte, interessierte mich besonders die Melancholie. Würde sie derjenigen in Andalusien gleichen, weil sie so anders war und dennoch »keiner anders gefriert«? Und gibt es eine Stille jenseits der Temperaturen und Landschaften? Ein gemeinsamer Kristall im Echo der Stille? Ein Echowerden, dem Unhörbares, Unerhörtes einklingt? Von der Schneehelle getragen? Vom Olivendunkel her? Vom Sommernachtweißen der Schneeschwebe? Von den Verschiedenheiten in mir, die sich in ihren jeweiligen Landschaftslauten berühren?

In meinem Reisegepäck also das vorgeahnte Wissen um ein flüchtiges Hör-Abenteuer in einem wassergeflochtenen Land, mit dessen Wörtern ich zwar ins Poetische phantasierend spielen, aber dessen Sprache ich nicht sprechen konnte. Nur die Vorstellung von kauernden Vokalen, kaum oder nicht zu hörenden Doppelungen der Eigenlaute, und von einsamen Konsonanten brachte ich mit. Im Gepäck aber auch zwei Gedichte von Federico García Lorca und ein Lyrikband von Elisabeth Borchers. Ersteren wollte ich *nachnachdichten*, vielmehr das bereits ins Deutsche Nachgeschöpfte in der Melancholie einer fremden Lautgegend weiterschreiben, um auf seinen Wahrheitsgehalt hin zu prüfen, was unübersetzbar schien. Die Verszeilen Elisabeth Borchers, »die«, wie Arnold Stadler es ausgedrückt hatte, »von allen Dichterinnen die spektakulär Unspektakulärste ist«, und durch die wir uns der Frage zu stellen haben, wie viel das Rot einer Rose wiege – sie wollte ich auf dieser Reise einfach nur lesen. Eines ihrer Gedichte sollte mir das Wagnis erleichtern, die andalusischen Ursprünge der beiden Lorca-Texte in eine völlig fremde Sprach-Umgebung *lautzusagen*:

Wir, unterwegs
autobiographisch
von früh bis spät
im noblen Alter
von Jahr und Tag

Wir, versehen
mit alphabetischem Kredit
und dem Sakrament
der Zinsen

Wir, unterwegs
nur manchmal halten wir ein
und betrachten voll Unruhe
das Ebenmaß des Mondes

Wie schön das klang: »Das Ebenmaß des Mondes«. Fast wie das Andalusische aus dem Süden des Spanischen und aus der zärtlichen Berührung einer Wahrnehmung ins Schreibende der Augen, die hören.

»Das Ebenmaß des Mondes« klang nach eingestillter Landschaft, die schönmelancholisch nach sachtem Windverleiben roch, nach ockersanftem Hautgespür ins Weiß, das sich einen Luftflaum kämmt ins Sprechen: *Luna* auf Deutsch, die mir schließlich »Mondin« wurde. Mondin wie Meerin.

Als Kind war auch mein Mond in Deutschland ein zu ahnendes Versehnen. Ein *l* wie *leidenschaft & lust & lichtvergleiten*; ein *u* wie *ursprung unruh und*; ein *n* wie *nachtschneelandschaft*, *nachtrandspuren* später, die sich ins *a* von *anfang* beugten. Ins *abc*, ins *anderwort*. Der Mond war nie zu übersetzen mit *la luna*. Und luna war kein *Mond*. Nun hatte ich einen Vers der Annäherung gefunden: »Das Ebenmaß des Mondes« und ein sich Stillen im Klageruf um mond & mondin. ¡*Ay*!

Ich las Lorca erneut:

El grito

La elipse de un grito
va de monte
en monte

Desde los olivos,
será un arco iris negro
sobre la noche azul.

¡Ay!

Como un arco de viola,
el grito ha hecho vibrar
largas cuerdas del viento.

¡Ay!

(Las gentes de las cuevas
asoman sus velones.)

¡Ay

Wie sollte ich dieses ¡*Ay*! übersetzen. Wie diesen Urlaut des *cante jondo,* das leibschiere Gedächtnis der Zigeuner, das auch Lorca in sich trug, als er diese Verszeilen schrieb, ins Deutsche sagen? Melancholie, Tragik und Widerstand eines Lautes, um den nicht nur jeder weiß, wo er in Andalusien gesungen wird, sondern ihn auch dann hört, wenn er dieses Wort in einem Gedicht liest. Am besten wäre, so dachte ich, das Gedicht zu singen. Sang werden lassen und das Original bewahren. Vielleicht kann die deutsche Sprache, dieses ¡*Ay*! und die Gedichte Lorcas nur so erfahren. Im Lautvermächtnis einer jahrhundertealten Pilgerschaft des Wortes, in dem sich – kristallgesungen – die Leidensgeschichte eines ganzen Volkes bündelt und zur Komplizenschaft des Aufbegehrens wird.

Dieser Laut im *cante* ist nicht Hölderlins »Weh mir!« und auch nicht das »Ach!« Friederike Mayröckers, um zwei unterschiedlich ausgedrückte Gefühls-Nähen aus der deutschsprachigen Wörtergegend zu zitieren. Wenngleich die Schattenwürfe dieser beiden tief empfundenen Inner-Rufe im ¡A*y*! Lorcas zu hören und herauszuspuren sind. Bleibend im Verhallen. Sagen und Schweigen in einem. Ausfransender Trauerrand der Klage und ein Nicht-Versöhnen im sich auf-hebenden Augenblick des Sich-Singens, das immer ein Gesungen-Werden ist und Gem:einsamkeit bedeutet.

Die Substanz dieses ¡Ay! ist ein An-nehmen, das nur ein einziges Versöhnen birgt. Im W:erden. Im Tod.

Vom Olivendunkel her, in die imaginierten Netze jenseits des Hungers mündend, entsteht in Finnland ein erstes Notat auf der Suche nach der Universalität der Stille, die an diesem Trauerrand verströmt:

finnischer wintervorrat

der mythos des wasservogels. Davon
gestirn und kontinent. Die imaginierten netze. Meer-
landahnung & ernten unterm eis. Im
wasserausgespannten
ein zugeborgenes des hungers & eingeschwiegen
die stille der schneewindkörper. [FELLSCHUH
NEBEL]. Ins nacktgeschliffene *bläulicht* die
klingenhaut der weißen
wörter notiere ich

»Schnee & sacht am laut

kristall«. 10 ausdrücke für ihren *Schnee*
hätten die Samen. Davon nehme ich das schneien
& setze über in den winter *das ebenmaß des mondes* &

die melancholie der erdenschaft

Ich schrieb mich über den Umweg eines Gedichtes in den vertrauten Kristall der Stille Lorcas zurück. Stumm-schrei, Klage-Ruf und W:erden wider die Vereinsamung im Wissen um den Tod.

El silencio

OYE, hijo mío, el silencio.
Es un silencio ondulado,
un silencio,
donde resbalan valles y ecos
y que inclina las frentes
hacia el suelo

el silencio

HORCH, mein sohn, die stille
schweigt in wellen fort
ein verinnern, plötzlich
in der tal und echo fallen
und die jedes aufbegehren
zu boden stürzt

Und so ergaben sich aus dieser Annäherung und nachhorchenden Verdichtung die beiden Schlusszeilen in »el grito«: *die in den höhlen hausen / schütten licht vors aug.*

Um ein paar Erfahrungen reicher, schreibe ich

el grito

ein schrei hallt fort
von berg zu berg
die not

vom olivendunkel her
wölbt ein schwarzer regenbogen
die nacht ins blau

¡Ay!

wie der klang einer viole
reißt er die saiten
die der wind ihm spannt

¡Ay!

(die in den höhlen hausen
schütten licht vors aug)

¡Ay!

S goht immer degeege

Klingt wie ein Zauberspruch, dieses *S goht degeege! S goht schu widder degeege!* Zumindest in meinen alemannisch eingehörten Schwarzwaldohren. Nah und gleichsam weit, weit fort. Im Grunde datumsferner, als es die Narrenseele erlauben will. Und verheißt dennoch (alle Unruh tröstend) die Zeit ins Wieder-Kommende der leichtblütigen Tage und beschwört sie her.

Klingt nach all dem frohgestimmten Schabernack noch einmal wie ein fideles Lust-Versprechen, diese mitternächtliche Anrufung der »verkehrten Welt«. Kopfstandwelt, an die man sich im strapazierten *Häs* samt Trauerflor, im *Hansele* oder *Spättle*, als *schäps* behüteter *Burger* oder anderweitig unbekümmert Fasentsfiebriger, als *Burgfrau*, Edel-Madame oder plaudersüchtiges *Wäschwiib*, ob verkleidet oder nicht, letztlich aber immer mit aufgekratzter Seele und Ohnsinnsgeist halten will, wenn alles (schon) wieder vorbei sein soll: *S goht degeege! S goht schu widder degeege!*

Ein Eigenversprechen, das ganz bestimmt – das weiß man in Hausach unter der Narrenkappe – noch ehe ein Jahr vorüber wäre, erneut eingelöst sein würde. Kein »Lebewohl!«, sondern ein »Auf Wiedersehen!«, ein »Adieu, bis bald!«. Ein ritueller Satz, ein Hoffnungs-Eid, den man sich selber lauthals ins Innere orakelt. Als Garant und Zuversicht im Feuerschein. Unmittelbar nachdem die Strohpuppe verbrannt ist und nach dem herzzerreißenden Klage-Jammer (mit viel Weh und Ach und Lastertränen) in der Aschen-Mitternacht *om Fasentzischdig uff selle Zitt*, die ohne, na sagen wir, fast ohne die frohsinnsleichte Narretei im Städtle, *Bohof*, Dorf und ihren Seitentälern ein ganzes, langes Jahr auszukommen hat.

Für manche ist das alle Schatten lichtende Szenarium am Zungenspiel der Flammen aber auch die notwendige Erlösung: *Koi Dag länger dürft d Fasent guh*. Bei anderen sind die Tränen wirklich traurig und ernstverspürter, narrenernstverspürter Schmerz beim Abschied von der Kindskopf-Ausgelassenheit der Hohen Tage.

Alles ist demnach zu jeder Stund – sogar bei der Verbrennung der *Fasent* – eine Gratwanderung.

Von der *Fasent in Huse* zu sprechen hieße, kuriose Narrenbücher zu entwerfen. Frohgemutes. Stillvergnügtes. Zünftiges. In Fortsetzungsbänden. Sich von Generation zu Generation verspinnende Geschichten. Jedes Jahr weitere, die in Frühlings-, Sommer-, Herbst- und Winterfarben hinzukämen und den unermüdlichen Schalk aus dem Immerwiederkehrenden der *Husacher Fasent* und dem Erfinderischen ihrer leidenschaftlich skurrilen Gestalten in Wort und Bild festhalten würde.

Für die *Vorfasent* müsste als Entrée das *Schnurren* aufgeführt sein. Komik, Klamauk und verschlagen hintersinniger Witz. Kein aristokratischer Humor im steifen Gehrock, sondern augenzwinkernd saloppe Wortgrimassen in kurzen, frechen Hosen. Ob gereimt oder im Zwiegespräch, ob ungereimt oder im Monolog. Die tagtäglichen Pannen, das Missgeschick der anderen, sind das Glück der *Schnurranten*. Ein Klatsch- und Tratsch- und Rügebrauch, vor dem nichts und niemand spott- und spiegelsicher ist. Wider alle Fasentsmuffel und Murrköpfe. Auch wenn hie und da ein pikierter Zeitgenosse greint, die Devise lautet: »Was wohr isch, wurd gschnurrt, un was gschnurrt wurd, isch wohr!«

In diese Zeit fällt auch schon *d Katzenmusik*. Sie wäre ein Kultbuch. Vielharmonisch, aufmüpfig, immer taktbesessen holprig. Ein gassenläufiges, bengelschräges Rhythmengetöse. Instrument ist das, was man findet. Eisen, Blech und Lärm. Ein schemenhafter Umzugschatten verfranst die Töne der Höllenmusiker. All jene finsteren und noch dunkleren Gestalten in schäbig alten, verwetzten Klamotten am *Schmutzige Dunnschdig*, die den schönverzerrten nachfolgenden Tagen am frühen Abend des ersten den scheppernden Klang vorgeben und ihr ohrenbetäubendes *Hoorig!* in die Feiertage *klepfe* und singen. Nachtsattes Hämmern und Pochen, und sei's mit Kochtopfdeckeln, die dann nichts anderes sind als befreiende Schepper-Trommeln ins Mark der Krach-Magie, um sich am Herrgottstag – am Freitagmorgen – für ein paar Stunden aufzusammeln und sich (wohlverdient) ein wenig zu erholen. Denn danach trumpfen sie auf, die überreifen Tage, für die der Donnerstag nur jenen lang ersehnten Vorgeschmack, ein Appetit-Häppchen, bedeutet, wie er intensiver dem Fastnachtsgaumen jedoch nicht sein könnte. Es folgen *Fasentsomschdig Sunndig Schellemendig Zischdig* – fast nur in einem Atemzug aufzuzählen, weil dann die Zeiger keine Uhren mehr kennen, wenn das Städtchen mit Fug und Recht einmal völlig anders sein darf in seinem Jahreslauf und sich löst vom Alltagstrott und den Kalendern.

Im Grunde sind auch die Farben nicht in ein paar Zeilen zu fassen, die sich beim »Rundlauf der Hästräger« am Samstagabend in der Hauptstraße ein ungezähmtes Nachtstelldichein geben. *Hansele, du Lumpehund, hesch nit gwisst, dass d Fasent kunnt! Hätsch di Mull mit Wasser gribe, wär dr s Geld im Beitel blibe!* Allenthalben kann man ihn dann hören, den Kitzel-Reim, der die älteste der Hausacher Fastnachtsfiguren zu reizen versteht, das Hansele in seiner rot-gelben Tracht und mit seiner *Brettleslarv*. Vor allem, wenn *e Spättle* auf ihn trifft. Das safran-gelbe Gift des Teufels, das schon im Mittelalter den vom Schönbart infizierten Verleumder und Ketzer kennzeichnete, und das Rot der babylonischen Hure, sie scheinen im Eifer noch leuchtender zu springen. Durch die gelb-rot versetzten Farben seines Festtagskleides, den messingschweren Glockengurt und seinen formvollendeten *Babbedeckelhuet* – eigenrund erklappte Zwerg-Zylinder-Hüte mit einem gelb-rot-grünen *Fedrewisch* und breiter Krempe – zählt er zu den schillernden Gestalten im Ort. Schon um 1780 diente die Holzlarve der Maskierung. 1789 zählte Hausach an beiden Fasentstagen 15 maskierte Köpfe. Kein Edelnarr, nicht im Geringsten maulfaul bieder, vielmehr *e übergscheite Latsche*, trägt sein halboffner Mund Züge zager Neugier. Sein empfindsamer Blick die melancholischen Spuren sachter Freude. Vornehm unterstreicht das schmale Oberlippenbärtchen ein traumverlorenes Gesicht, die Augenbrauen verwundert hochgezogen, auf den Wangen die frische Schamesröte der Bezirzten. Auf den ersten Blick ein recht unbekümmerter Charmeur. Ein scheuer Wunderfitz. Und doch ist er *e Siech*, der den *Lumpehund* in sich geflissentlich verlarvt. Ein Spektakel.

Stunden später putzt sich *de Fasentsunndig* her. Der »Große Närrische Umzug« sucht in der Ortenau, wenn nicht gar darüber hinaus, seinesgleichen. Ein Festtag, der erlebt sein will.

Wer tags drauf mithalten kann (die meisten – sei hier verraten!), *der* und *die* treffen sich in ungeschwächter Feierlaune Uhrschlag *zehnuhrnochwas.* Zur *Elfemess*. Nachdem die Katzenmusik mit wohltemperiertem Raunen schon ab 6 Uhr morgens das Städtchen in den *Fasentsmendig* wachgerufen hat. So buckelfest und schrittverschroben geht's ab 11 Uhr 11 wirklich nur einmal jährlich zu im *Husacher Städtle*: krummbeinig, brust- und rückeneins. Dennoch trottoirsicher. Die Hände immer auf den Schultern derjenigen, die ein paar Wärmezentimeter und nicht minder wacklig *vorusdappe*.

Am Dienstag folgen Kinderball und *Burgertreff* und und und ... bis schließlich am letzten Fastnachtsabend gen Mitternacht das lakengroße Tischtaschentuch kaum ausreichen will, um das Geheul der einen wie der anderen aufzusaugen. Und die Übriggebliebenen narrenschluchzig schmettern: *S goht degeege! S goht widder degeege! Fir alle Latsche, fir alle Humpetone un Krageler, fir alle Maagepflaschter, Gsichtsverschmierer, Aktebäbber, fir d Herrelit im Sidebeeler, fir d Grichtsvollzieger un d Besebinder: S goht degeege! S goht schu widder degeege!*

Maskenfiebrig eigen oder die gemeinsame Lust am Spättle

Es gibt Seelenfenster, die sich nur hin und wieder öffnen. Es gibt eine vertraute Zartheit ins Eingehegte der Vorstellungen vom Ich und dem Verlangen, sich selber Ort zu werden. Die Sehnsucht, ein anderer zu sein. Den verborgensten Geheimnissen auf der Spur, um auszuloten, wer man ist. Auch ist. Zumindest aber ein Aug voll dessen zuzulassen, was man hin und wieder sein möchte und ob der Verhältnisse nicht sein darf oder kann. Dann ist unter anderem Fastnacht. Narrenfieber, Maskentaumel, *Spattenzeit*. Zauber, der das Flickwerk Leben um ein paar ausgelassenere Tage sicht- und hörbarer macht. Ein Gefühl von Katzenmusik, die sich die Nacht unterwirft.

Vielleicht sind aus diesem Verlangen heraus, das bestimmt eines immer war und ist, eine Notwendigkeit ins Überleben, ins Erträglichere des Lebens, auf der Landkarte der schwäbisch-alemannischen *Fasent* die unterschiedlichsten Figuren entstanden, die wir als ihre Liebhaber bis heute herzen wie Seelenverwandte oder notanrufen wie Komplizen. Manch einer verzärtelt und küsst sogar die Maske, bevor er das filigrane Holzschnitzwerk anlegt und sich dem Andergesicht offenbart. Die *Hausacher Spättlemadlee* ist ein solches Eigenwesen, das vom Innersten nach außen treibt, die

Innerzeit hervorkehrt. Eine leibhaftige Gruselvettel. Ein heruntergekommenes Altweib mit dem unberechenbaren Lauerblick der hämischeren Art unter einer Runzelstirn, dessen Drohgebärde zum feisten Bockssprung anzusetzen scheint und bei näherem Betrachten dann doch nur *datschsatt* platt vom Strohschuh schleicht: rockzahm, *altweiberpätrig* und die Straße schlürfend. Auch diese Gleichzeitigkeit schminkt ihr Wesen aus. Immer ein Doppeltes. Immer ein in sich zwiefaches Gesicht. Alte, gutbeseelte Jungfer und zwielichtiges, straßentriebiges Mannweib.

Maskenfinster ins Verruchtere und rätsel*schämmig* zottelt sie ihre Haarsträhnen ins Gesicht, als gelte es den auggehöhlten Blick nur schattenweise preiszugeben. Als gelte es nur konturenhaft anzudeuten, was eigenschaut und das Offene sucht im Verborgenen einer Dorfgeschichte aus Überliefertem und Erfundenem.

Grinsmäulig und eckzahnscharf. Mit vollen Lippen, ein Faltenbündel unter Warzen. Herausspringende, schaurig nackte Glubschaugen, die lauernd auf der bloßen Hexengabel ihrer Blicke sitzen, um launig loszustechen, das anvisierte Opfer in das Scharmützel aus »Gut und Bös« zu bannen. Gezielt, hinterhältig, mit Spottlust teuflisch, um sich kurz danach doch wieder weich und schunkelanschmiegsam im Frohsinn zu *verschnurren*. Ein Maskenspiel ins Schattenlicht. Gepaart mit einem Kribbeln aus Tollerei und Angstneugier. Ein Kribbeln, das niemals fehlen darf. Furchtanspannung, die sich schließlich in einem Lachen auflöst. Humor als kleine Wiedergutmachung. Spaß und Ausgelächter. Seelenglück.

Verwandlung also. Der Mensch in seinen Widersprüchen. In seinem übermütigen Größenwahn. Zwischen Pfauenfeder und Eselskappe. Ein Ausleben der Gegensätze vor der Demutshaltung unterm bewusst empfangenen Kreuz am Aschermittwoch – Memento mori! Immer aber ehrlich in seinem Durst nach sich selber. Ohne den zeitschnürenden Terminkalender der Verpflichtungen aus Alltag und Wiederholung und doch darum wissend, dass diese nicht abzuschütteln sind und die Fünfte Jahreszeit allenfalls eine Atempause bedeuten kann. Nicht mehr. Nicht weniger. Eine Zeitflocke Harlekinaden und Verrücktheiten mit tieferem Sinn. Den Schalk im Narrennacken.

Das *Hausacher Spättle*, das auf den ersten Blick ein roheres Exemplar der dreisten Bocksgeschöpfe verkörpert und also doch viel mehr ist als nur der ewig nachgebildete Mythos eines lüstern schamlosen Hexenweibes im prallen Spiel um die Phantasien derjenigen, die sie sich ausgedacht und als Narrenfigur nachgeschöpft haben. Das *Häs* ist Wirklichkeit und Vorstellung der Wirklichkeit. Und diese liegen wie so oft sehr nah beiwenn nicht gar ineinander.

Es gab in Hausach in längst abgelegten Dorftagen in der Tat ein altes Weib – anders ist es nicht zu benennen –, verlumpt und nicht zu durchschauen. Deshalb grenzenlos die Einbildung der Menschen schürend, die es an den Vermutungspranger stellten im Nicht-Begreifen ihres Wesens. Vom Dorfleben ausgeschlossen, unter der Verleumdungsfuchtel der Ewiggerechten. Die Alte, die wahrscheinlich weiß Gott was ausheckte in ihrem verlotterten Schuppen. Die Alte, deren Blick allein schon Unglück spritzte … Ganz zu schweigen vielleicht von der Walpurgisnacht, dem Teufel und den Elixieren … Die Alte, die mit ihrem letzten, spitzen Eckzahn … nicht auszumalen – aber man kann sich jene Tage bildhaft vor Augen führen. Das heutige Häs ist Überlieferung und Phantasiegestaltetes in einem.

Ausgestoßen und verspottet. Kartoffeln von den Äckern sammelnd und Äpfel aus dem Niemandsland. Eine alte Frau, die sich vom öffentlichen Backofen der Gemeindefrauen den Teigrest kratzte und sich vom Boden Brotkrumen klaubte. Am Tagrand lebend und aus Überbleibseln mehr recht als schlecht zusammengeflickt, mehr lebenszugefallen als selbstbestimmt in ihrem ausgefransten Dasein: Bunte Ringelsocken aus Wollresten, ein schwarzer Rock, wieder und wieder ausgebessert, der *Spättle,* kleine farbenfrohe Flicken warf aufs Schwarz. Bunte Lebensflecken. Keine Kleidung nach einem vorgegebenen Entwurf, vielmehr ein Lumpenleben ehrlich spiegelnd. Immerhin ein wenig Farbe in der Not, dies Schnittmuster der ausgemergelten *Armetei.* Und Strohschuhe hatte sie wahrscheinlich auch in ihrer Behausung. Oder ein ähnliches Billigwerk um die Füße gebunden. Einen *Päter*, wie sie die Bäuerinnen in den umliegenden Tälern als Arbeitskittel unter der Woche trugen, der Schwarzwaldumgebung entsprechend und in dunkleren Mustern. Drunter vorlugend eine wadenlange Unterhose, wie üblich weiß und schlitzoffen in der Schrittmitte – der Einfachheit halber für die Arbeit auf den Feldern, weil der Notdurft praktisch entgegenkommend. Im Winter ein Kopftuch und in der Sonnenhitze des Hochsommers ein Strohhut als Schutz. Man erzählt sich seit Generationen, ihr Taufname sei Magdalena gewesen. *Magdelee* oder *Madlee*, wie man im mittleren Kinzigtal und auf gut alemannisch zu sagen pflegt.

Die Übereinstimmung mit Maria Magdalena, der biblischen Hure, die in urchristlichen Verhältnissen den Straßentrieb der käuflichen Wollust aufgab, um sich im Glauben zu läutern, scheint mehr glücklicher Umstand zu sein als deutende Absicht ihrer Schöpfer. Es sei dahingestellt, ob *Nomen Omen est* oder einfach nur Intuition der Überlieferung. Wer weiß. Mag auch die eine oder andere Figur aus der Fasentsgeschichte nachbarlicher Zünfte im Kinzigtal Patin gestanden haben, um die eigene Kreativität zu beflügeln – (es gibt nichts, das nicht beeinflusst wäre) – und in der wahrnehmenden Kopie des Fremden den Blick auf die eigenen Verhältnisse zu schärfen, *d Spättlemadlee* ist ganz und gar *Huse* und einheimisch geworden.

Und dort, wo die Vorlieben und Zwänge der Moralvorstellungen und ihrer Denkvorgaben im früheren *Elferrat* manch Äußeres ihres Erscheinungsbildes im Laufe der Jahre abgefeilt und dem gesellschaftlichen Verhaltenskodex angepasst haben, hat man es sich im Hausacher Narrenrat heuer zur Aufgabe gemacht, das Spättle, das bald nach dem II. Weltkrieg aus der närrischen Taufe gehoben worden ist, in ihrer ursprünglichen, weitaus schaurigeren Form wieder auf der Umzugsstraße zu zeigen. Nicht in unbegrenzter Zahl, sondern überschaubar und bewusst als historische Hommage an ihre Entstehungszeit.

Es gibt die *Urmadlee* also wieder in Hausachs Gassen und Narrenwinkeln. Eine Geste der Tradition, die nicht an den Zottelhaaren herbeigezogen ist, die um die Schwierigkeit ihrer Vermächtnisse weiß und deshalb die Übersetzung in unsere Zeit wagt. Ein kleiner Hausacher Fasentsjuwel, der zurückgeborgen wird, dem die Kinder auch weiterhin und noch erstaunter nachrufen dürfen: *Spättlemadlee het Hoor on de Zäh un Zottle om Rock un stinkt wi e Bock!*

Kinder besitzen zuweilen in unbeobachteten Augenblicken jene Gabe (noch), sich ins Nähere des Eigenen zu spielen, die so manchem Erwachsenen verloren gegangen *wurde*. Die Lust, sich Welt zu erkunden und sie dabei zu entdecken, sich versteckte Schätze wie Geheimnisse zu bergen. Ein Bergen, in dem man sich wiederfindet im Geborgenen. Ein Bergen aber auch, indem man diese Schätze hütet, um sie zu bewahren und die Kleinode irgendwann wieder abzustauben, in die Hand zu nehmen und zu betrachten, zu liebkosen.

Ja, liebkosen. Ich erinnere mich an ein mich wärmendes Bild, das bleiben wird. Zart und innig. Vor Jahren, an einem *Schmutzige* in Hausach, prägte es sich mir ein. Ich verstand in jenem Augenblick viel mehr, als mir seinerzeit klar wurde. Wir waren schon sehr früh am Morgen zu Gange. *Fasentskribblig*, und zu nichts anderem mehr zu gebrauchen. Den Narrenmarsch bereits im Ohr, nur Häs im Kopf und Lust auf Lust, obwohl die Schlüsselübergabe auf dem Rathaus und das Hissen des *Leck-mich-am-Arsch* ja erst am Nachmittag stattfinden sollten. Stunden bevor die Fastnacht urkundlich verkündet und wie alljährlich ausgerufen wurde, hatten wir uns, ein paar Freunde, am Vormittag, Verschworene ins Maskenritual, versammelt. Jeder nahm sein Narrengesicht schweigend in die Hand – ein vertrautes Innehalten –, streichelte es liebevoll und gab ihm einen sanften Kuss auf die Stirn. Mit der Verbundenheit des wissenden Komplizen. Irgendwo zwischen einem *Ich* und *Ich* im Seelengeviert und der Liebeserklärung an die Tage, die wir mit schwärmerischer Ungeduld erwartet hatten.

Das Häs war schon immer mehr als nur bloßer Mummenschanz. Es war Begeisterung und Freiheitstrieb. Das Verlangen, ein anderer zu sein, ohne sich selbst in allem preiszugeben.

Lätz. De Fasentsumzug in Huse

Ein bisschen war es wie Weihnachten. Das heißt, wie die Zeit vor der herbeigesehnten Bescherung, in der sich für uns Kinder viel zu lange hinziehenden Adventszeit. Noch viermal schlafen, dreimal, zweimal: Aufwachen und wieder war da ein Tag weniger, den man aus dem kindlichen Wartekalender streichen konnte.

Die Wochen und Tage, die unmittelbar vor dem großen – ach, was schreibe ich – dem größten, weil aufregendsten aller Ereignisse lagen, wollten nicht vergehen. Die kniehoch überschaubare Welt sollte wieder einmal von Neuem auf den Kopf gestellt, das Verrückte ernster und das Ernste um eine Wagenspur verrückter werden. Dem quängelten wir mit einer nervenstrapazierenden Fragerei entgegen, denn die Stimmung im Haus war alsbald von jenem *Sores* durchwoben und von ihm geradezu unergründlich aufgeladen, dessen das Vertraute hin und wieder bedarf, um dem Einerlei zu entkommen. Die vieldeutige Umtriebigkeit der Erwachsenen hob schließlich auch unsere gewohnten Lebensabläufe aus den Angeln. Ein willkommener *Narrogeist*, der sich anschickte, mehrmals am Tag seine Richtung zu wechseln. Der auf rätselhafte Weise alles, was üblich war, durcheinanderwirbelte und dem Alltag ein Unwägbares zurückgab. Dieses vornärrische Chaos traf uns wie ein unverhofftes Geschenk.

Selbst die Katzenmusik, die 14 Tage vor der eigentlichen *Fasent* nachmittags durch die *Dorfer Straßen* zog und die für uns Kinder jedes Jahr eingetrommelt und *zusammengepäpert* worden war, versprach dem ausgebrochenen Narrenfieber, das uns im elterlichen Haus befallen hatte, kaum Linderung. Wenngleich das selbstfabrizierte Gehämmer und die *uwietige* Hexenlarve eine nicht von der Hand zu weisende Faszination ausübten, war die Kinderkatzenmusik (ohne Beute) nur eine bedingt versöhnende Kurzweil, denn so richtig ertragreich und hosensackvoll wurde dieser alte Heischebrauch für den *Narrensamen* erst am *Schmutzige*. Vorher durfte nicht »gebettelt« werden. Die eingeheimsten Äpfel und Orangen, die unter heftigem Gejohle aufgefangenen *Schokoladenripple* und die aus allen Himmelsrichtungen herbeifliegenden *Gutsele* am »fetten Donnerstag« entsprachen schon eher unserem Geschmack vom wirklichen *Hoorig, Hoorig*.

Da war noch der Kinderball am Dienstag vor Aschermittwoch – auch ein Großereignis im närrischen Leben eines Kindes –, auf den man sich nicht minder freute, aber der war ja noch länger hin, als es die Kindsgeduld erlaubte, und die Fastnacht sollte am Tag des Narrensamens ja schon fast wieder für ein noch längeres Jahr vorbei sein. Das wussten auch wir Kinder schon. Mehr oder weniger seit wir närrisch *laufen* konnten bzw. seit dem Tag, an dem die warme Milchflasche – unsere erste Begegnung mit dem Wörtchen *Schoppe* – durch den etwas kälteren *Datschkueche* ersetzt worden war.

Die Kindertage, die dem einzigartigen Festtag entgegenstrebten, sind mir wie kostbare Aufnahmen einer anderen Zeit ins Gedächtnis gespielt, die Abende, an denen sich in den vorbereitenden Wochen auf den *Großen Närrischen Umzug* unser Nachwuchs-Dasein im Wesentlichen auf Handlangertätigkeiten beschränkte. Sobald man Nagel und Hammer, Beißzange und Schraube voneinander zu unterscheiden wusste, war man mit von der Partie. Beobachtete, sah zu und erfuhr mit immer größer werdenden Augen, wie sich die verkeiltesten Ideen und verbogensten Phantasien, der flapsigste Witz und der schwärzeste Humor, die gesamte närrische Häme entfaltete.

Nach und nach entstanden aus den Brettern, Dielen, Spanplatten, aus Pappmaché, Karton und Papier, aus altem Gerümpel und Flohmarktverdächtigem, aus allem, was Keller und Speicher an Verborgenem hergaben, verwegen schöne Umzugswagen. Aus den entlegensten Winkeln der Gedankenlandschaft ausgeborgt, wurden ganze Fußgruppen oder Einzelfiguren geboren. Welch wundersamer Anblick, wie die sonst so vernünftig wirkenden Eltern, Onkel und Tanten oder der *bruddlige* Nachbar, den man mit Unbehagen zu grüßen hatte und der einem eher wie ein schlechtgelaunter Zeigefinger auf zwei Beinen vorkam, welch großartiger Anblick für die kindlichen Augen, wenn einer dieser uns nicht immer geheueren Menschen plötzlich auf einer silodicken Flasche saß und deren überdimensionalen Bauch mit einer Inbrunst ritt, als sei das Geschoss eine Rakete ins Glück. Dabei glich das Konstrukt eher einem Turbokorken, der in der Luft hängen geblieben war.

Nichts und niemand fehlte. Weder das warmherzige Lächeln eines Clowns, der sich alljährlich zu unserem Liebling mauserte und in dessen Koffer die Süßigkeiten nie ausgehen wollten. Pedro, hieß er. Clown und Gastarbeiter. Noch jene, die mit ihren rotweiß gestreiften Badeanzügen von anno dazumal bei Eiseskälte im randvollen Zuber strampelten und vor Ausgelassenheit schäumten. Oder jene, die auf einem der nachfolgenden Wagen die »Bonner Politiker« vorführten und sie in den Spott schaukelten – ich verstand zum ersten Mal in meinem Leben das Wort *Großkopfete*. So wie mir auch ein Riesenharem unvergessen bleibt, das den kühnsten Morgenland-Vorstellungen entsprungen sein musste und um ein zigfaches orientalischer anmutete, als es Ibn Saud jemals hätte erfinden können. Ein Prunkpalast aus Samt und Fastnachtsseide. Eine fahrende Holz-Alhambra mit Rosenfenstern, die mir in jenen Tagen weit märchenhafter vorkam als alle Gemächer aus 1001 Nacht zusammengenommen. Ein Sesam-öffne-Dich ins Schlaraffenland und wir die Kinzigtäler Ali Babas.

Eine verblüffende Wunsch-Vorstellung auch die Schlichteren im Umzugslauf: die bäuchlings auf einem Tretroller brustschwammen, mit Skeletten Tango tanzten, aus den Haaren der Zuschauer Schmetterlinge lausten und einfach nur im väterlichen Anzug – verkehrt herum angezogen, sprich *lätz* – den Gaukler mimten. Oder ganz im Gegensatz zu diesen, *d Spitzbuebe* auf den umfunktionierten Pritschenwagen, die es auf die für den Umzug nicht gerade adäquat gekleideten Besucherinnen abgesehen hatten, um die ins Kokettierende herausgeputzten auf ein Metallbett zu schnüren und durchzurütteln. Oder die Holdesten unter ihnen auf rustikal gezimmerten Drehscheiben schwindlig kurbelten.

Das närrische Wunderwerk in meinen Kindertagen, das Erwachsene und Kinder (wie selten sonst) zusammenbrachte, war ein über Wochen ersehnter Funkel-Sonntag. In den Fabrikhallen und Scheunen, auf den Höfen und unter *Trippeln* sorgte man für den letzten Schliff, die Festtags-Kleider wurden angezogen. All die selbstentworfenen und selbstgeschneiderten Kostüme ins Anderssein: Riesenköpfe, Eselsohren, Giraffenhälse. Bärenfelle, Mützen, Fransenkappen. Stockwerkhoch verdekorierte Turbanfalten mit Edelsteinen jeglicher Couleur und falsch bis aufs Karat. Gekrönte Häupter, Schleier, Federn. Ein Kopfschmuckglitzern in allen Größen. Wie aus dem Märchen- oder Abenteuerbuch herausgeschnitten. Dschingis-Khan, der Sonnenkönig, Karl May. Der obligatorische Cowboyhut aus Filz für die Kleinsten samt Silber-Glanz-Pistole und dumpf verknallenden Platzpatronen. Utensilien, die zum kleinen *Husacher Cowboy* gehörten wie eine zweite Haut. Und da waren unsere erwartungsvollen Gesichter, mit stolzer Miene, die für den großen Auftritt – ein Vollbad in der mitschunkelnden Menge – noch einmal stillhielten und indianerrot, präriebraun oder einfach nur bayrischbleich hergeschminkt wurden. Ja, dann war man plötzlich ein Anderer unter Gleichgesinnten, ob als Mini-

Winnetou, Old Shatterhand, Prinz oder Haremsdiener; ob als Steinzeitmensch oder Besucher vom Schwarzen Kontinent oder, geographisch näherliegend, mit einem zünftigen Lederarsch über die langen Strumpfhosen gezogen, ein Badener, der den Bayern in sich verhunzte. Für ein paar Stunden gehörte die Welt der verkleideten Improvisation. All den bekannten Helden und unbekannten Fastnachtsträumern, den Geschöpfen, Figuren, Gestalten und herbeizitierten Persönlichkeiten, inmitten deren man ja dann selber eine war und wurde. Und da war noch, nahezu beiläufig, auch wie aus heiterem Himmel, die außergewöhnliche Großzügigkeit der außergewöhnlich gutgelaunten Erwachsenen: *Raspa Cola Salzstängele* und mehr als nur eine heiße Wurst. Ihre Spendierhosen waren um ein ebensolches märchenhafter als an anderen Tagen.

Die ältesten Fotografien, die es vom *Husacher Fasentsunndigumzug* in den Archiven der Zunft gibt, sind über 100 Jahre alt. Wären die Fotos in Farbe und würde man die Pferde durch einen *Bulldog* oder einen *Agria* ersetzen, könnten diese Bilder auch geradewegs aus der kommenden *Fasent* stammen.

Wir, autobiographisch unterwegs von Deutschland nach Deutschland

(Rede anlässlich des 40. Jahrestages der Ankunft des einmillionsten Gastarbeiters in Köln-Deutz)

»Nur wenn wir wirklich unsere innersten Triebe und Motive erforschen, unsere eigene Widersprüchlichkeit sehen und ohne Widerstände anerkennen, können wir die(se) innere Klarheit und Tiefe erreichen. Es geht nicht darum, einen scharfsinnigen Verstand zu entwickeln, sondern eine suchende, forschende, tastende Geisteshaltung, die uns nicht urteilen, Schlüsse ziehen oder festgefügte Meinungen vertreten lässt. Dieses Tastende, Suchende ist das Wesentliche. Wir müssen lernen, zu lauschen und zu warten, mit den Tiefen zu spielen.«

Krishnamurti

Armando Rodrigues de Sá: mein erster Gedanke in diese Rede (im Grunde der unmittelbare Augenblick am Beginn meines Gedankens) ist ein wunschberührter *Fühlgedanke*. Ein wunschbeseelter – welch schöne Wortmöglichkeit der deutschen Sprache! Beseelt vom Wunsch nämlich, dass Zusammenleben machbar sei, getragen von Neugier, wie die Situation damals, in den späten sechziger Jahren, als ich die herzuschreibende Fotografie in einer halbzerknüllten Tageszeitung zufällig, weil im Vorübergehen, für einen kurzen Moment wahrgenommen hatte. Eine Zeitung, die in einem

Abfallkorb stak, und ein scheues Lächeln, das seltsam aufschweigend mit dem Papier rausspickte und mich anblinzelte, als wollte derjenige, der sich auf ihm zu erkennen gab, doch nicht ganz achtlos mit den Tagesvorüberheiten einer gelesenen Zeitung vergessen sein. Die aufmerksameren Blicke der Vorbei- und Weitereilenden erhoffend, die immer etwas wahrzunehmen im Stande sind, auch wenn sie in ihrer für die sie Beobachtenden scheinbaren Gleich-Gültigkeit unachtsam oder unnahbar zielbestimmt ihrem Alltag nachtrotten: Ich hoffe auf »Die Leidenschaft der Neugierde« – wie der Dichter Cyrus Atabay im Titel einer seiner Lyriksammlungen schrieb und der in einem Gedicht aus besagtem Band formuliert: »Wo wohnt er denn nun eigentlich, / ganz oben im Dachzimmer / oder im Keller?« Diese Leidenschaft, am *Undurchsichtigen* innezuhalten und einen Reiz lang zu verweilen, ließ mich seinerzeit meinen Gang drosseln und das Papierbündel aus dem Behälter angeln. Wenig interessierte mich, Neu-Lesender, der ich mit acht oder neun Jahren war, das Geschriebene unter dem Mann auf dem Moped. Meine Augen holten sich unwillkürlich das Bild, die Fotografie ins Licht.

Diese Festrede also anheben mit einem nachempfundenen, einem immer noch wunschbeseelten Gedanken, um der Wirklichkeit eine Utopie des Zusammenlebens ins Machbare anzutragen? Als hätte man einen Wunsch frei, wenn man denkt, *fühldenkt*. Wie in den Märchen. Die ja irgendwie meistens gut enden und somit dem Paradiesischen unendlich nahe kommen. So als wären die Wünsche, auf die wir uns oft in ausweglosen

Situationen berufen, einziger Ort und einzig gültiges Geschehen im Leben. Das Wort »Wanderleben« fällt mir ein und damit auch die Sinnhaftung der E:migration: Handeln, Wirklichkeit, Scheitern & Zeit. Zeit, die heute festgehalten sein will. Für ein paar Augenblicke zumindest. Denn mehr scheint ein Leben nicht zu bergen und anzuzeigen.

Aber, lassen Sie mich erzählen. Lassen Sie mich deshalb in Augenblicken davon erzählen.

Der erste Augenblick dieser Niederschrift gilt also jenen Tagen, an denen ich das Foto in einem öffentlichen Abfallbehälter entdeckt hatte. Auf meinen nachmittäglichen Streifzügen durch Hausach, bei denen ich die Umgebung über dahingelegte Feldwege erkundete, seine Wiesen und Äcker abschlendernd oder den nahen Wald aufsuchend. Nachmittagsimprovisationen als Geborgenheit und ein grünes Meer, das es zu bereisen galt. Denn gleich dahinter, hinter dem Waldbergigen, hinter der Dämmerlinie der schweren, schwarzgrünen Tannen, lag Andalusien. Auch für mich.

Die Abenteuerausflüge in den ersten Schülerjahren und die kleinen Streunereien über Schotterstraßen gehörten zum Kindsalltag. Lehmige Dorfwege und Waldpfade, auf denen immer etwas lag, das den Sammler in seiner Verlorenheit befriedigte und befriedete – und wenn es eine Tageszeitung war. Ein Mitteilungsblatt, das es im Ort nicht zu kaufen gab und das, von irgendeinem Besucher aus der Ferne mitgebracht, seinen Dienst scheinbar verrichtet hatte. Scheinbar. Denn

– so glaube ich noch heute –, vor allem das Weggeworfene, diese Nachrichtenfülle an Weggeworfenem, Entsorgtem, hinterlässt Spuren und buchstabiert ein insgeheimes Weltmosaik daher. Eine kleine Erdkunde aus Geographien, Menschenlandschaften – Wirklichkeit und Verlangen –, die mir die Vorstellung ins Fragmentarische und Unbegreifliche des Lebens bis heute zu nähren weiß. Eine Ahnung der großen Welt also. In die heimische Landschaft geworfen. Und was es da alles zu lesen gab, war bisweilen fremder, als wir *Südwärtigen* in unserem grünen Meer jemals sein konnten. Städtenamen, Präsidenten, Kriege, Jahreszahlen, Nachrufe. Nachrichten und zu entschlüsselnde Versatzstücke. Ein Lotteriespiel mit den Kugeln der eigenen Neugier.

Nachdem ich das Foto abends im Bett eine intensive Weile und immer noch magisch angezogen betrachtet hatte, wusste ich plötzlich, dieser Mann auf dem Foto war mir beileibe kein Fremder. Der Mann auf dem Bild war jemand, der mir sehr nahe stand. Näher, als ich zunächst dachte oder, besser gesagt, als ich es zunächst zulassen wollte. Der Mann auf dem Bild konnte nur *Einer* sein. Ein einziger: Vater. Der Mann mit Hut sah genau so aus wie er. Auch Vater trug Hüte. Meistens. Und das kam nicht von ungefähr. Schließlich war Vater *Hutzieher* von Beruf.

In Hausach stand bis vor ein paar Jahren die letzte Strohhutfabrik Deutschlands. Ich erinnere mich noch genau an die alte Pförtnerkammer am Eingang des Areals. Das Bürogebäude und den in einem Kämmerchen hinter einem Schiebefenster ewig auf einem unruhigen Drehstuhl sitzenden Herrn M., der mit seinen Ärmelschonern ebenso unruhig damit beschäftigt war, irgendwelche Kabel zu verstöpseln und Telefonverbindungen herzustellen.

Sein rundgebauchter und arbeitszufriedener Kopf und seine zeitpolierte Glanzglatze, immer hutlos; seine hellen, väterlich wohlwollenden Gesichtszüge prägten sich mir ein, wenn wir Kinder uns (mindestens einmal in der Woche) anschickten, nicht von ihm entdeckt sein zu wollen, und halbgebückt unter seinem Schiebefenster durchschlichen, weil wir unseren Vätern in der Fabrik wieder einmal unseren dringenden Besuch abzustatten hatten, der Werktag sich zu lang hinzog und wir unsere Väter vermissten, die ja mindestens in zwei Fabriken beschäftigt waren und in den dunkleren Herbstnächten auch noch Kartoffeln oder Kohle ausfuhren.

Herr M. sah uns die Unbeholfenheit des verlässlich wiederkehrenden Versteckspieles immer nach und beobachtete uns, in regelmäßigen Abständen Eindringende, zustimmend über den großen Innenhof der Firma hinweg, sah uns grinsend über den quadratischen Platz huschen und, an den parkenden Autos vorbei, in die *Dampfhalle* verschwinden.

So nannten wir damals den Ort, an dem unsere Väter mehr Zeit verbrachten als mit uns: Dampfhalle.

Immer dem feuchtherben Filzgeruch nach. Bis ich Vater endlich am Ende des langen Holztisches vor mir stehen hatte. Da waren sie wieder, seine rotgefärbten, die mir so vertrauten, mit Filzresten fransig verklebten, schwitzenden Hände. Rote Filzhände. Rote Filzvaterhände, die den nassen Lappen über den wartenden, wie die Glatze des Pförtners blankpolierten, nackten Holzkopf zogen.

Vater stand da, in seinen kurzen Hosen, dem weißen Unterhemd, der blauen Schürze, die nur seine Waden freigab, lächelte verschmitzt, als er mich sah, seine filzziehenden, muskulös gestreckten Oberarme immer wieder in dieselbe Abwärtsbewegung spannend. Ich liebte es, wenn er die Heißöfen öffnete. Ich liebte den zischenden Dampf, der sich seinen Weg ins Freie suchte, und schmeckte nachts in meinem Bett den Geruch aus warmfeuchtem Filz nach.

In jenen Tagen dachte ich, ein Familienbetrieb sei eine Firma, in der man die Mütter und Väter mindestens einmal die Woche besuchen durfte.

Vater war also Hutmacher in Hausach. Und ein Hutmacher trug auch im Schwarzwald Hüte, Mützen, Kappen. Zu jeder Jahreszeit die ihr gemäße Kopfbehausung. Im Sommer einen Strohhut, der rätselhafterweise *panamá* genannt wurde; im Winter die dickpelzigen Russenmützen mit den herabschlabbernden Bärenohren, unter denen wir wochenends den *Kasatschok* übten. Im Frühjahr und Herbst die schwarzen *boínas* - die Baskenmützen, die für die Alemannen um uns herum nur »Franzosenkäpple« darstellten.

Auch wir Kinder trugen Hüte: Auf dem Weg in den Kindergarten, zur Einschulung, an Sonntagen. Manchmal auch unter der Woche. Und, es darf nicht unerwähnt bleiben, die Kopfzierden waren uns nicht immer ein freudiges Mitbringsel aus der Dampfhalle. Nur allzu gern versteckten wir uns unter dem »letzten Schrei« aus der Hutfabrik – wie Mutter sagte –, damit uns ja niemand erkannte, so wohlbehütet. So auffallend wohlbehütet, und uns jeder gleich als *Strohhütler* ausmachte und *her*ordnen konnte.

Dass uns freilich auch die Aufenthaltserlaubnis für die Bundesrepublik Deutschland schon längst für sich erkannt und *an*geordnet hatte und uns in irgendeiner Form *auchbehütete*, indem sie uns im selben Atemzug *stempelmahnte*, auf der Hut zu sein, vor dem Gesetz (und vor uns), davon wusste ich als Kind noch nichts. Wie auch.

Aber da war noch mehr zu erkennen auf dem Schwarzweißfoto aus dem Abfallbehälter, deshalb gehört der zweite Augenblick seinem scheuen Lächeln. (Ich glaube, dass ich sechs oder sieben Jahre alt war, als ich diese Art zu lächeln zum ersten Mal wahrnahm, bewusst wahrnahm. Mir wurde klar, dieses Lächeln meint uns. Dieses Lächeln meint Vater Mutter die Geschwister mich.

Ich hatte es so oft in Vaters Gesicht gesehen. Diese sanfte, nie ankommende Scheu. Ich dachte mit einem Mal: Das muss Vaters Lächeln sein. Vater muss derjenige sein, der ankommt auf diesem Bild. Er ist es, der dieses Moped geschenkt bekommt. Denn Vater war wie er. Vater war ein Gastarbeiter. Einer mit diesem Lächeln, das nie ganz anwesend, nie ganz abwesend war. Vater, das war für mich der erste Gastarbeiter. Vater, das war der Millionste Gastarbeiter. Im Grunde war er alle Gastarbeiter. Die Ankunft. Der Hut. Das Lächeln. Alles war wie er. Schon allein die unnachahmliche Art und Weise, wie er dieses Wort aussprach: »Gah'tawaita« – eine Art Zungenidentität. Mit ihr ein Minimum.

Ich werde den Tonfall, die Aussprache niemals vergessen. Das unverkennbar spanische, die Hälfte der Wörter andalusisch verschluckende Deutsch. Nicht etwa, weil ich seine Stimme heute noch hören könnte, dafür ist er zu lange tot, und die Stimmen der Toten verblassen. Nein. Aber wir Kinder haben ihn oft genug, ihn und Mutter, nachgeäfft ... *Gah'ta:waíta / Kihlé:jrang* – Sie wissen, das heißt Kühlschrank – *Kihlé: jrang*.

Das schüchterne Lächeln also, das verschämt ankommende, völlig überraschte Verlegenheitslächeln (ein *Ankunfts*lächeln) – das musste Vaters Lächeln, Vaters Schüchternheit, Vaters Ankommen sein. Als wäre jeder Tag ein ruhmvoll oder ruhmlos ertappter Tag. Als wäre jeder Tag ein Tag aus Bahnhöfen, Züge voller Bahnhöfe, die einen in fremde Städte bringen. Im Koffer die Erzählungen, Anekdoten, Ferngeschichten, die Vater uns nur allmählich auspacken sollte und denen wir dann umso lieber zuhörten, weil wir doch auch stolz waren auf die Herkunft, die wir Kinder selten begriffen und in erster Linie mit den unendlich langen Kilometerreisen in die abgelegene Sommerheimat verbanden. Die uns zu kussfeuchten Verwandten führten, deren Namen wir immer wieder von Neuem auswendig lernen mussten.

Vater erzählte gerne.

Unsere Kinderfragen mit jener Phantasie beantwortend und ausschmückend, die ebenso aus den Märchen stammen könnte. Vor allem seine Lieblingsgeschichte, die er zum x-ten Male wiedergab, nachdem wir uns nach langem Drängen artig um den Küchentisch versammelt hatten. Eine Geschichte, die wie ferne Oboenklänge herstreifte oder das einsam gedämpfte Trompetensolo einer Kar-Prozession während der *Semana Santa* annahm und vor dem unermesslichen Ereignis verhallen ließ, sich geheimnisvoll davonwebend, um sich sogleich wieder dem heimischen Küchentisch zu nähern. Ein erzählter Fandango, ein Sang, den ich Jahre später bei Miles Davis wiederhören sollte.

Damals schon die fragilen Gelenke im Fandango gegen das Vergessen. Vergessen, das brechen, einbrechen musste.

»Ihr kennt sie doch schon bald auswendig«, sagte er unserem vierfach geballten Drängen nachgebend, »aber ich erzähle euch die Geschichte gerne noch einmal, aber wirklich nur ein letztes Mal:

Ja, wie kam ich bloß nach Hausach. Das ist es doch, was ihr wissen wollt. Oder? Wie kam ich in diesen so gottverdammt abgelegenen und schneeverschlossenen Ort. Erinnert ihr euch daran, wie Cervantes seinen weltberühmten *Don Quijote* beginnen lässt: *En un lugar de la Mancha de cuyo nombre no quiero acordárme … An einem Ort der Mancha, an dessen Namen ich mich nicht erinnern will, lebte einmal …*

Nein«, lachte er, »ganz so war es dann doch nicht. Es war ganz anders, und ich denke gerne und viel an Málaga. Und ihr seid auch Andalusier. Ihr könnt euch noch so dagegen wehren. Tja, euer Vater wollte immer schon Stierkämpfer werden. Soweit ich zurückdenken kann, war *das* mein großer Traum. Furchtlos wie *Manolete*, mutig wie *Joselito* und intelligent wie *El Cordobés* … Rechtzeitig aufhören wie *El Cordobés*. Das ist Intelligenz. Eine Intelligenz, die jede Leidenschaft zu bezwingen weiß. *Oooole*. Aber das ist eine Kunst für sich, die Kunst, Leidenschaften zu bezwingen. Irgendwann werdet ihr es begreifen: Dann aufhören, *cuando la gente pide más* – wenn die Menschen noch mehr sehen wollen, noch mehr hören riechen fühlen schmecken. Der Gaumen muss sich diese kleine Lust auf ein Mehr bewahren – aber, ich will euch nicht länger hinhalten, denn das wiederum ist eine andere Geschichte. Na ja, vielleicht auch nicht …

Doch zurück zu eurer: Als kleiner Junge, ich war ungefähr so alt wie ihr heute seid, hatte ich schon davon geträumt, Stierkämpfer zu werden, ein großer, ein brühmter *matador*. Und, als ich mich dann endlich traute, habe ich auf den Feldern hinter Torremolinos mit den unbewachten Kälbern gekämpft. Die armen *becerritos*, die waren immer ängstlicher als ich«, grinste er … (*becerritos*, *becerros* – wie oft haben wir den spanischen Ausdruck für Kälber nachbuchstabiert: *becerritos*, die es ja im Schwarzwald auch gab, zuhauf) …

… nachts«, erzählte Vater, »und heimlich, so dass mich keiner sah. Über Jahre hinweg. Bis ich eines Tages schließlich zum ersten Mal in einer Arena mein unwiderstehliches Können zeigen und dem ersten großen Auftritt als *novillero* entgegenfiebern durfte. Das war 1960. Im April 1960, am Ostersonntag. Ein wunderbarer Sonnentag. *Sol y sombra.* Die Arena war bis auf den letzten Platz besetzt, und eure Mutter, eure Mutter saß elegant wie eine Edeldame auf der Ehrentribüne. Die Schönste von allen – *guapa*, sagte er, *guapa guapa guapa* – und grazil war sie, *una delicia*, mein Gott, wie die *mantilla* selber, die sie um ihre Schultern trug.

Aber zurück: Ich hatte mich kurz vor dem Kampf, wie es unter uns *toreros* üblich ist, in die Kapelle zurückgezogen und dort zur Jungfrau Maria gebetet, sie um ihren heiligen Schutz bittend, und schritt dann stolz erhaben in die Arena, jung war ich und eine Figur, mein Junge, eine Figur hatte ich damals, schlank und stark, nahtlos tapfer. Es war der reinste Rausch, sage ich euch, in die Arena zu treten, all die Menschen und die Honoratioren zu grüßen – welch unbeschreibliches Gefühl –, diese unüberschaubare Menschenmenge zu spüren, die Musik, eure Mutter, wie sie dasaß. Ich widmete ihr den Kampf, verbeugte mich, warf ihr die *montera* zu und erwartete aufrecht und erhobenen Hauptes, dass sich das Holztor endlich öffnete. Und dann war es soweit, die Fanfaren erklangen, und … da kam er, was heißt, er kam … er sprengte mit einer Urgewalt ins Rund der *Plaza de Toros de Málaga*, so groß und mächtig und stark, so ungestüm und wild, dass ein atemstockender Aufschrei, ein zusammenzuckendes Aufbegehren durch das Publikum raunte.

Es war gewaltig. Und plötzlich sah ich mich diesem Ungetüm von Tier gegenüberstehen, diesem Ausbund, dieser bestialischen Wildheit, diesem Ungeheuer von Stier – ein einziger pechschwarzer Glanz aus Muskeln. Von oben bis unten ein einziges, sehniges Muskelpaket, und erst die weißpolierten, scharfen Riesenhörner, blanke Waffen, sage ich euch, und – fragt mich nicht, fragt mich nicht, so plötzlich wie er vor mir stand, so plötzlich wie ich mich ihm gegenübersah, als hätte mir der Himmel erst in jenem Augenblick Beine geschenkt, nahm ich meinen ganzen Mut zusammen, ohne zu überlegen, und rannte einfach nur los, nahm all meine Kraft in die Beine und rannte, rannte und rannte, bis ich, völlig erledigt, einfach nicht mehr konnte, bis mir einfach die Luft ausging, tja, bis mir die Luft ausging. *Sí, hombres* –, und das, das war hier. Hier in Hausach konnte ich einfach nicht mehr.«

Hausach oder gut gastarbeiterspanisch: *Áusa* – wie Vater zu scherzen pflegte, wenn er gut aufgelegt war.

Er hatte die letzten Worte kaum zu Ende gesprochen, als er selber die heftigsten Schollen lachen musste und sich seinem bauchschüttelnden, die schieren Tränen ins Gesicht treibenden Lachsalven übergab.

Wir bogen uns nicht minder vor Lachen, konnten uns selber kaum mehr auf den Stühlen halten, und es dauerte immer ein paar Minuten – ich sagte ja, es war ein immer Wiederkehrendes, ein Erzählritual –, bis wir allmählich leiser wurden, bis uns allmählich und immer wieder von Neuem klar wurde, dass sein Lachen irgendwann kein wirkliches Lachen mehr war, vielmehr Tränen einstotterte: Tränen, die dort geblieben waren. In der Arena und 1960.

Eine Art Weinen ins Lachen / ums Lachen – wenn es denn so etwas gibt. Tränen, die er sich dann aber im nächsten Augenblick wieder selber aufhob und in jenes scheue Lächeln legte, das ich auf dem berühmten Foto aus Deutz noch heute manchmal herauszulesen vermag.

Ein Lächeln, hinter dem sich eine Haltung verbirgt. Ein Lächeln – so wäre es besser formuliert –, das sich eine Haltung birgt. Die Haltung desjenigen, der im Grunde nicht auffallen will oder doch auffallen will, ohne aufzufallen. Der irgendwann die Reise im Süden der europäischen Geographie in einem Zug nach Norden begonnen hatte, um irgendwo in der Ferne auszusteigen. Irgendwie und Irgendwo. An einem Ort, den er auch irgendwie nur vom Hörensagen kannte.

Ein *Irgendort*, der vielleicht *Zukunft* heißen würde.

Als ich die Geschichte des Stierkämpfers während meiner Studienzeit in Freiburg einmal in geselliger Runde zum Besten gab, klärte mich ein Sozialwissenschaftler auf, dass sie typisch sei für eine Gesellschaft wie die spanische in jenen Tagen. Ein Mensch aus armen oder ärmlichen Verhältnissen, der aus dem sozialen Ghetto nur über eine außergewöhnliche Begabung ausbrechen konnte. Als Sportler, als Sänger oder eben – wie im Falle meines Vaters und (nur) in Spanien – als Stierkämpfer.

Nun kannte ich die wahren Motive. Punkt. Die wissenschaftlich fundierte Erklärung für die Haltung meines Vaters. Aus ärmlichen Verhältnissen und aus einer Diktatur ausgebrochen …

Er sitzt also auf diesem Moped, dieser Armando Rodrigues de Sá, wie ein furchtüberwältigter Stierkämpfer, der den ungeahnten, aber womöglich doch ersehnten Triumph nicht fassen kann, für seinen Mut belohnt zu werden. Oder wie ein plötzlicher Don Quijote, der in Wahrheit kein Don Quijote ist, sondern ein Sancho Pansa, der sich auf das Pferd Don Quijotes gesetzt hat, setzen musste, um nicht wirklich den Ritter der traurigen Gestalt abzugeben, vielmehr um nicht zu vergessen, dass es im neuen Land, im zu erobernden und dann zu verteidigenden Gebiet, vor allem erst um die Zwiebeln geht und *um die Wurst*, um den vollen Bauch und das volle, das zu füllende Bündel. Lohnzettel um Lohnzettel.

Das Moped, erlauben Sie mir den Vergleich, quasi ein Stellvertretendes für die Ohren und den Schwanz des

Stieres. Eine zunächst kampflos errungene Trophäe im Spiel um Macht und Ohnmacht. Ein todernstes Spiel.

Dass die meisten Gastarbeiter, von den Italienern sei als Ausnahme an dieser Stelle abgesehen, fast allesamt aus Diktaturen oder Halbdiktaturen in den Norden der Arbeit und auch nach Deutschland kamen, das wurde mir erst während des Studiums klar – und dass die Demokratie in Deutschland noch Jahrzehnte benötigen sollte, um auch die Zugewanderten an ihrer mitbestimmenden Staatsform auf dem Weg in eine *Menschendemokratie* zu beteiligen – vor diesem rätselhaften Phänomen stehe ich noch heute – und die für weitere mitbestimmende Schritte, auch das leuchtet mir deshalb ein, wohl noch Jahrzehnte brauchen wird.

ius sanguinis – nicht so leicht abzuschütteln, die Blutherkunft.

Der Stierkampf sei, so führen seine Gegner oft und gern ins Feld, eine zu blutige Angelegenheit. Aber darüber zu diskutieren ist äußerst mühselig.

Ein scheues Lächeln also, die Unfassbarkeit einer geplant-unverhofften Ankunft, gekrönt mit einer plötzlichen Siegestrophäe, einem Willkommens-Geschenk, einem Wanderpokal mit zwei Rädern, und: ein *kleines Misstrauen*, das aus diesem Lächeln herausschimmert; fraglos nicht urteilt, aber doch überrascht hervorsickert aus dem so ungeahnt Beschenkten gegenüber der scheinbar so selbstlosen Offen- und Großherzigkeit der ihn Empfangenden. Ein Lächeln, das dementsprechend eine ganz eigene Haltung in sich trägt.

Eine Haltung ins Ungewisse.

Deshalb gehört der dritte Augenblick dieser Rede der Haltung. Eine unsichere Bodenberührung, wenn man so will, auf Zehenspitzen, und doch ein unerreichbarer Grund. Betrachten Sie das Foto, den linken Fuß, die Geste. »Letzten Endes«, schreibt der chilenische Romancier Luís Sepúlveda, »Letzten Endes war er wie einer von ihnen, aber er war nicht einer der ihren.« Treffender kann es nicht ausgesprochen sein.

Auf Zehenspitzen die Holztreppen ersteigen, um die Dachwohnung zu erreichen, die Abstellkammern, die Wohnnischen. »Stöckelschuhe nicht erlaubt!« stand auf einem Schild im Treppenhaus. Unsere Mütter schlichen sich vorbei.

Auf Zehenspitzen durch den Maschendraht schlüpfen, nachts in Rüsselsheim z.B., und die Nutten hereinlassen – eine weitere Illusion, die vom Opelgehalt bezahlt sein wollte –, das Fabrikgelände um der Ordnung willen nicht verlassen. Kino Supermarkt die Kneipe. Das Zimmer das Bett der Gasherd. 1 Koffer.

Auf Zehenspitzen Kochen, Waschen, Baden, *Deutsch* lernen. Arbeiten.

Auf Zehenspitzen die eigene Kultur nach Feierabend oder am Wochenende weitersprechen, weitersingen, weiterleben.

Auf Zehenspitzen schließlich die ersten freundlichen Worte vor und jenseits der Maschinen, die ersten Einladungen nach und wegen der Maschinen, die gegenseitige Annäherung durch und mit den Kindern.

Auf Zehenspitzen von der Erlaubnis zur Genehmigung, von der Genehmigung zum unbefristeten Aufenthaltsrecht.

Auf Zehenspitzen aus der Diktatur in die Demokratie.

Und: Auf Zehenspitzen sterben. Weil die Sehnsucht, zurückzukehren, doch stärker war als die Selbstverständlichkeit, die willenlose Selbstverständlichkeit der *neuen* Heimat.

Ein Tod unter großer Anteilnahme. Nicht mehr ganz auf Zehenspitzen. 1995.

Vor Jahren, nach einer Lesung im Stuttgarter Wilhelms-Palais, der schönklassizistischen Stadtbücherei von Stuttgart, kam, nachdem ich einen Gedichtzyklus den *Gastarbeitern der ersten Stunde* gewidmet hatte – ein Zyklus mit dem zweischneidigen Titel »Zuflucht« –, kam die Kulturbürgermeisterin der Stadt auf mich zu und meinte in einem durchaus wohlwollenden Plauderton: »Aber Herr Oliver, was sind das denn für Wörter, die Sie immer noch gebrauchen: *Gastarbeiter* – den Ausdruck gibt es doch schon lange nicht mehr!«

Mit Verlaub: Ich war irritiert und bin heute noch erstaunt. Dies auch mein Bekunden seinerzeit, und ich lud sie deshalb ein, unabhängig von den nachgebesserten Begriffen wie »ausländische Mitbürger« oder »Binneneuropäer«, mit mir das spanische Gastarbeiterzentrum in Hornberg im Schwarzwald zu besuchen, das seit Anfang der sechziger Jahre neben der Katholischen Betonkirche, gleich hinter der Schwarzwaldbahn und unterhalb des imposanten Viaduktes in einer grüngestrichenen Holzbaracke untergebracht ist.

Allem Widerstand zum Trotz 1 Kochnische 1 spanischer König 1 Real Madrid und sein *Atlético.* 1 Bingo-Kugel 1 aufgehängter Spielkartenständer die spanische Fahne die Krone, eine kleine Bibliothek unterm schrägen Dachgebälk *Gallegos Valencianos Extremeños* Andalusier. 1 Baske 2 Katalanen Männer Frauen Kinder Kindeskinder und Geschichten Biographien Sehnsüchte. Ein fortwährendes Souvenir. Immer eine Haltung, die Herkunft verbürgt und um die Ankunft unvergessen weiß:

Die, die irgendwann ankamen und mit einem Kreuzchen den Arbeitsvertrag unterschrieben hatten. Die Zigeunerin aus Ávila z.B., die mit ihren drei Kindern schon früh Witwe geworden war, sich gegen eine erneute Heirat und gegen den Clan mit der *emigración* gewehrt hatte und in Karlsruhe ankam. Nach Karlsruhe kam *Dual*, dann Hornberg. Dort *Duravit*

die, die Lieder singen und Gedichte rezitieren, Lorca, Hernández, Alberti die *zarzuela,* die *copla,* die *saeta,* die gesamte Echobreite des *cante jondo*

und die, die seit 30 Jahren und 40 Jahren in den Betrieben sind und die Namen ihrer Vorgesetzten immer noch so umwerfend herkunftsprägend aussprechen wie damals. Herbrechend und mit spanischem Akzent und die, die sich am Wochenende übergeben, dem Kartenspiel Domino dem Sherry Gin dem Cognac. Dem Wein dem Bier dem Schnaps

und die, deren Kinder in Spanien geblieben sind oder dorthin »verschickt« wurden

und die, deren Frauen alleine in Málaga Sevilla Murcia Cáceres eine erste, eine größere Wohnung bezogen. Bisweilen eine letzte

und die, die sich eine Geliebte Liebhaberin Vergessnerin zugelegt angelacht hergetrunken zu eigen gemacht haben

und die und die und die unter den Pokalen Kelchen Stadtmeisterschaften Lottozahlen Schachturnieren Todesanzeigen …

Eine einzige Geschichte aus *pena alegría* und *válgame Dios,* Flamencowettbewerben, Migrationsturnieren und Rentenziel: Eine wundgeschürfte Sehnsucht und deren Insassen. Immer Feiertage auf den Lippen, skizzierte Landkarten, Heilige, 1 Santiago und Deutschland

Am Sonntag tragen die Männer Siegelringe und die Frauen ein Madonnen-Medaillon. Heute noch und immer wieder den Sommerurlaub in der Seele und ein Gedächtnis an die Alten.

tapas Querelen und Herzmalereien. Immer ein Dunkel im Hellen.

Vom Bürgerkrieg wurde selten gesprochen.

Ich lud sie ein, die Kulturbürgermeisterin, die *paella* zu kosten, die am Freitagabend nach Hausmannskost duftet und *casera* bedeutet, bat sie, sie möge sich eine Seezunge lang drauf einlassen, auf den Schwertfisch Stockfisch, die *calamares albóndigas menestra cocletas gazpacho* zu versuchen. Das Lachen die Tränen, ihre Geschichten, die Haltung und die Rückkehr nach Spanien von Deutschland nach Deutschland.

Ein Ritual, das niemand erfand, sondern ein Notwendiges wurde.

Vater sollte während eines Heimaturlaubes sterben.

Erlauben Sie mir ein abgegriffenes Bild: Ein alter Elefant, der sich zum Sterben zurückzieht. Ein letztes Mal und doch wieder auf Zehenspitzen.

Er hatte gesagt: »Begrabt mich dort, wo aus der trockensten Erde noch eine Blume wächst.«

Die Anteilnahme in Hausach war groß. Überwältigend groß und ernst.

Die Anteilnahme. Vielleicht der wichtigste Augenblick. Sie soll im letzten Teil dieser Festrede hergespurt werden. Von Deutschland nach Deutschland ein *Niemalsimmer*, ein *Ankunftsdoch* und ein verhaltener Applaus. Von allen Seiten.

Sie sehen auf dem Foto die Applaudierenden. Das Schwarzweißfoto unterstreicht das Grau und Schwarz der Männer. Auch eine Patina gegen das Vergessen, diese Nuancen. Wenn ich die Schattierungen betrachte, denke ich an einen wunderbaren Vers von Matsuo Basho: »Folge nicht den Spuren der Alten / suche, was sie gesucht haben.« Ich folge ihnen nach.

Ich suche also den Applaus auf: Ein sich Widersprechendes der Beifall klatschenden Hände.

Marie Luise Beck, die damalige Bundesbeauftragte für Ausländer, sagte anlässlich der 5. Bad Honnefer Migrationstage, am 20. Oktober 2000, zu Beginn ihrer Eröffnungsansprache:

»›k. A.‹ ist die Abkürzung in Wohnungsanzeigen und steht für ›keine Ausländer‹. Ein Fahrgast ordert bei der Taxizentrale nur deutsche Fahrer. Und eine junge Afrodeutsche verliert ihre Arbeit als Hostess, weil sie nicht dem *mitteleuropäischen Aussehen* entspricht. Diskriminierungen von Menschen anderer Herkunft und Hautfarbe sind leider alltäglich. Sich dagegen zu wehren liegt nicht nur im Interesse der Betroffenen. Der Schutz vor Diskriminierung ist auch grundgesetzlicher Auftrag. Die Möglichkeiten und Grenzen gesetzlichen Schutzes vor Diskriminierung will ich versuchen aufzuzeigen.«

Ihr Gedanke gewinnt Kontur, auch wenn ich ihn an dieser Stelle nicht weiter ausführe und nur ihre Eingangsworte zitiere. Eine Kontur in ein Gesellschaftsbild, das Sie alle zur Genüge kennen. Deshalb sei es hier vernachlässigt.

Mutter antwortete bei einem Fernsehinterview Anfang der neunziger Jahre des vorigen Jahrhunderts – wie seltsam mich plötzlich diese Zeitangabe anmutet, als redete ich von längst Anachronistischem –, Mutter antwortete auf die Frage einer Journalistin, wann sie sich in Deutschland wohler gefühlt habe, in den Anfangsjahren ihres Aufenthaltes oder heute (Anfang der neunziger Jahre), angesichts der barbarischen Übergriffe – die seinerzeit in Rostock begannen und eine Kette ruchloser Schreckenstaten nach sich zog –, sie antwortete mit einem bemerkenswerten Satz, einer Einsicht, von der ich immer noch nicht weiß, ob ich sie teile bzw. wirklich begreife.

»Wissen sie«, sagte Mutter, »obwohl es Anfang der sechziger Jahre weitaus anstrengender war, im Schwarzwald zu leben und den musternden Blicken der Einheimischen standzuhalten, die Strapazen auf mich zu nehmen: Es war *damals* angenehmer, in Deutschland zu leben. Die furchtbaren Brandanschläge, die es im Augenblick gibt, das sind abscheuliche Taten von einer vielleicht sich selbst am meisten hassenden Minderheit. Eine schreckliche Wirklichkeit. Damals«, brachte Mutter schließlich ihren Gedanken zu Ende, »damals fühlte ich mich wohler, weil ich nicht jedes Wort verstand.«

Ich sprach von der Haltung. Zunächst von derjenigen Don Quijotes, der im Grunde ein Sancho Pansa war (und ist). Es gilt aber auch, über eine weitere, eine andere Haltung nachzudenken. Eine mutmaßliche Haltung, aber vielleicht ist es ebenso wichtig, oder gerade deshalb wichtig, die Haltung derjenigen zu berücksichtigen, die auf dem Foto applaudieren und die für die Geschichte weiterhin in diese Handbewegung einstimmen. Ich vermute, in dem Augenblick, damals, in jenen Wunderjahren, war es ein ehrlicher Applaus. Ein Applaus, den es heute immer noch gibt und der es wahrscheinlich immer ehrlich meint, wo man sich einfindet im Gefühl des Aufbruchs und zu beidseitigem Nutzen …

Es ist passiert. Niemand hat wirklich damit gerechnet.

Die Einwanderungsgesellschaft wollte keine sein, will immer noch keine sein. Und die Einwandernden wollten ebenso keine Einwandernden sein. Das ist die Tragik dieser 1. Generation. Eine Art »lost generation«.

Es gäbe noch viel zu berichten, das unausgepackt unentdeckt eingeschweißt brachliegt und das heuer immer noch eine weitreichende Tragik in der öffentlichen Diskussion dieses Landes bedeutet, wo von »den« Ausländern die Rede ist.

In der Dachkammer des spanischen Zentrums in Hornberg gibt es seit Jahrzehnten einen dunkelgebeizten, immer wieder nachgestrichenen Einbauschrank, der meistens verschlossen ist. Nicht, dass man den Schlüssel verloren hätte. Es äußert sich darin eher das (unbewusste) Wissen um die Tragweite dessen, was im dort Aufbewahrten gesagt sein könnte.

Darin hat das Verschließen seinen Sinn.

In diesem Wandschrank, der wie zusammengekauert in der Schräge des Dachgeschosses verharrt, verbirgt sich eine Bibliothek. Bücher, die vor allem zu Weihnachten vom spanischen Generalkonsulat oder der Botschaft verschickt wurden und werden.

Wie sie dastehen. Die Unstummen.

In ungelesener Eintracht: Miguel de Unamuno, Lope de Vega, Arcipreste de Hita, Ramón del Valle-Inclàn. Cervantes, Lorca und 1000 Jahre spanische Poesie. Eingeschweißt. Nur eine Aufzählung lang. Unstumme, die wohl mit sich selber reden und hin und wieder untereinander verkehren.

So stelle ich mir zumindest ihren heimlichen Dialog vor.

Manchmal denke ich, dass wir einander nur näherkommen können, wenn die inneren Bücher ausgepackt werden. Gelesen, vorgelesen, erzählt sind. Die Einbände und die Titel alleine genügen nicht. Auch nicht die Ordnung, in der sie ihren Platz mit- oder nebeneinander gefunden haben, ihre alphabetische Reihenfolge, die Auflistung nach Themen.

Und doch ist dies alles zu wenig – wenngleich auch schon sehr viel, das uns Aufhorchen machen könnte.

Es sind die Hüte, die erzählt sein müssten. Die Köpfe, die sie bedecken. Die Zehenspitzen wären zu übersetzen, das scheue Lächeln davor, die Haltung, die sich darin offenbart; und es wäre sicherlich wert, über den Applaus nachzudenken. Den Applaus der Ankommenden und den Applaus derjenigen, die auf sie warten. Mit oder ohne Geschenk. Der innere Applaus der einen. Der äußere Applaus der anderen. Oder umgekehrt.

und wir im bittgebet und

Der Versuch, einen Brief zu schreiben, oder wie und wann ein Gedicht entsteht

I. Cambridge / Boston

Am Charles River. Irgendwann im April. Die sich wehrende Haut. Ich sage *die sich wehrende wasserhaut.*

Dagmar, die Deutschlektorin am Massachusetts Institute of Technology, hatte mich gefragt, was ich sehen würde, als wir auf einer Holzbank am Herzfluss Bostons saßen – Cambridge im Rücken, die *skyline* von Back Bay, einem der älteren Stadtteile Bostons vor uns, also im Blick-Fließenden miteinander redend, also im bewusst und unbewusst Wahrnehmenden der Beobachtung hinsprechend und nachhörend, also dasitzend und uns eine Aug-Zeit nehmend, nur von vorbeischnaubenden Joggerfiguren oder deren Körper- und Atemsilhouetten unmerklich abgelenkt wurden – und wir uns an einem lichtgefütterten Nachmittag über die Lesbarkeit und die Vermittelbarkeit, das Nachvollziehen von Gedichten unterhielten.

Dagmar wollte eine Rezeptur des Schreibens. Es sei so schwer, hatte sie in den Wochen zuvor immer wieder bemerkt, den Studierenden die heutige Sprache von Lyrik nahezubringen.

ERKLÄRUNGSREZEPT fiel mir ein und KREUZWORTRÄTSEL.

Ich sage *die sich wehrende wasserhaut*. Und ich sage: Es gibt kein Rezept. Nur Sprache, die anrichtet. Es gibt kein Rezept, nur Wort-Takt-Uhr, die Intervalle dazwischen, zwischen den Wortschlägen und eine Sprache, die Zeit nachspurt und Spuren legt ins NachZeitige.

»Diese Lage des Gedichts« schreibt Friederike Mayröcker irgendwo. Ja, *diese Lage des Gedichts* ... Schwer nur zu fassen im Bildflutenden, im VorbeiHörenden, im Wissenden. Nicht im Kreuzworträtsel, im Wortkreuzrätsel, das Rätselworte brückt, das parallele Ereignisse paart und Vorstellungen, die zeitgleich sind und unvereinbar vorhanden.

Da waren gut ein Dutzend Segelboote im unsichtbar abgesteckten Übungsrevier an jenem Nachmittag zu Gange – oder sollte ich schreiben *zu Flusse* – und war die Wasserbühne Papierschiffchenspiel dem Aug. Wirklich unwirklich handnah, also mit der Hand nachzugreifen. Hand, die sich dem Begreifen nahstreckte, indem sie die Bewegungsausschnitte im Gestikulieren und Innehalten herspreizte, überwölbte, nachzeichnete, andeutete ...

Sich selbst übersetzen, fiel mir ein. Das Gedicht übersetzt mich her.

Der Fluss muss aufgeteilt worden sein. Kleine Wasserreviere. Ist Pachtgut heuer wie andernorts Strandabschnitte. Privates Wasser. Die Illusion, Fließendes zu besitzen. Morgens um sechs die Parallelschläge der Ruderer – Einzelkämpfer und Mannschaftsboote –, Sportler, die mit ihren Muskelstrecken Längsfurchen in den Strom schlugen. Ich dachte dabei oft an die Kielspurverse in einem Gedicht Antonio Machados, Gravuren der Vorüberheiten, wenn ich sie morgens ihre Kraft bahnen sah. »Caminante, no hay camino, sino espuelas en el mar« (*Wanderer, es gibt keinen Weg, nur eine Kielspur im Meer*).

Am späteren Vormittag dann die ersten Jollen. Ein Flussmosaik, von Seglern gesetzt und an Privatschulen auszumachen. Quer aufgeritzte Haut und Schürfwunden, die in Minuten, gar in Sekunden verheilten. Narbenloses Wasser und der Eindruck einer dennoch sich verbrauchenden Haut, auch wenn sich der Strom nach jedem groben Bugschnitt zu regenerieren scheint. Eingrabungen der Bugmesser, auch wenn scheinbar kein wirkliches Einschneiden (WUNDSCHNITT) stattfindet.

Charles River – sie nennen ihn hier wie einen alten Bekannten vertraut und einfach *Charles* – vor allem in ruhigeren Wellenzeiten, lässt er mit sich geschehen …

In den vorangegangenen Monaten hatte ich das grünlichtmatte Wasser und seine Sud-Zustände, mindestens zweimal am Tag sehr bewusst wahrgenommen, hergespürt, wenn ich über die Harvard-Bridge morgens von Boston nach Cambridge in mein *office* am M.I.T. ging und abends, wenn ich in umgekehrter Richtung wieder nach Hause in meine Nachtklause oder Einraumwohnung (EINRAUMER) in der Commonwealth Avenue 284 zurückeilte, denn meistens bestimmte das Wetter bzw. der Wind und nicht meine Gedanken den Lauf-Schritt und die Gefühle. Charles hatte sich im Februar tagelang jähzornig – WASSERFETZENSTURM – an die Ufer gepeitscht. Im März und April aber auch hin und wieder sanftwellen, als hätte er sich über Nacht ein leichtes Seidenstofflaken um ein entspannteres Gesicht gestreichelt, als hätte ihm jemand mit ruhiger Stimme erzählt, dass es eine Jahreszeit gäbe – Verwellen der Kälte –, aus dem sich Magnolienblüten ins Sonnenwärmere öffnen und Hautausschnitte, Hautschneisen in den leichteren Atem.

Dagmar fragt weiter. Dagmar will Rezepte. Eine Planfülle, Planvollstreckung des Gedichts, eine Mathematik des Erklärens. Mit Skeletten fassen, was zittert.

Ein Gedicht ist windBLATTfall & blättersandlicht … jenseits der Gerippe.

Man nehme dreierlei Mut, sage ich, und Hilde Domin: »Der Lyriker von heute braucht dreierlei Mut. Der Mut zu sagen, das heißt, der Mut, sich selbst zu sein. Der Mut, zu benennen, das heißt, nichts falsch zu sagen oder umzulügen, und der Mut, an die Anrufbarkeit des anderen zu glauben.«

16.04.2002

winterriß
auf den granit
fließen
regenfraß
& papier
im w:ort der
trockenadern

dieser frühling
söhnt fort

II. Kiebitz

(Dieser Verlust der festgelegten Uhrzeiten im Spagat zwischen Massachusetts und dem Schwarzwald, zwischen Boston und Stuttgart.) Morgens um fünf. Ortszeit Boston. Wir erschrecken beide. Er auf einem blattlosen Ast. Ich, aus dem Haus gehend. Für einen Augen-Blick bricht aufgeschreckte Stille den frühen Morgen. Kein Laut, nur Augenpaare, die sich fixieren. Wir hören uns ab. Zufalls-Augen, die Ohren spreizen. Kiebitzohren und meine in seinen Blick gelegt, LEIBERLAUER, *in den augen leiberlauer* und Morgen im Gehör-*Losen*, im Nicht-Verfestigten des Tages. Danach schreiben sich zwei Zeilen los. Ein Notat ohne Absicht. Hörmotiv der Berührung. Sprachstille und Wortraum.

zweizeiler am 19.04.02

ein kiebitz spreizt das ohr. Im frühen ruf
sickern nacht aus dem coyotenkopf & nebelruderer

III. Bilder

P. schickt mir eine Nachricht ohne Kommentar, eine E-Mail mit attachment. Fünf Fotografien. Nummeriert von 1 bis 5. Ich öffne die Dateien und kann meine Arbeit, an der ich gerade sitze, nicht mehr weiterführen. Erneuter Verlust der Uhrzeiten. Zeitstille.

Volker Demuth meinte vor geraumer Zeit bei einer Veranstaltung im Stuttgarter Rathaus, wir seien die Dichter der Fernsehbilder. Wir gehörten zur ersten Generation von Dichtern und Dichterinnen, die mit Fernsehbildern großgeworden sind. Dadurch wären andere, *fern seh bild haft* (konstruierte?) Auggewohnheiten im Schreib-Alphabet der Literatur als in der Dichtung zuvor.

Ich schaue mir die fünf Fotografien aus dem Westjordanland immer wieder an. In der Nacht, die den Meuchel-Bildern folgt, singt sich ein Wiegenlied in großen roten Buchstaben und eingehackt in Opfer-Täter-Silben. Nicht mehr zu unterscheiden Opfer und Täter. Israel und Palästina ohne Nationalität und Herkunft, nur geleichte Kartenlogik, und aus namenlosen Pässen trommelt Barbarei den Hass, und der Tod birgt sich ein Kopftuch, und der Tod birgt sich die Kipa, und die Toten heißen Israel, und die Toten heißen Palästina. Und die Toten heißen Schmerz und Gram im entsetzten Blick des jungen Israeli, der Leichenstücke sammelt nach dem selbstMORDattentat, und der Tod heißt Stein- und Körperschutt Ramallah Gaza Westjordanland, die nicht mehr sind unter Häusern, die einst waren, und der Tod ist Menschenabfall und nicht mehr zu unterscheiden nach den Motiven. Nicht mehr zu unterscheiden sind die starren Augen im Triebschatten-Krieg, der nicht mehr erklärt wird, sondern fortgesetzt … (»Das unerhörte ist/ alltäglich geworden«, Ingeborg Bachmann) … und wir im bittgebet und

wiegenlied für einen tod im kleinen zwieland

klei nes gras
färbt sich rot
färbt sich rot
klei nes gras

ist vom blut
ist im land
ist im land

war m es blut

klei nes gras
färbt sich rot
färbt sich rot
klei nes land

färbt sich rot
klei nes land
ist aus blut
dies er tag

ist ge trennt
in den tod
ist der tag
klei nes gras

liegt am gr und

IV. Filmplakat

Ein Student tauscht in einer Vitrine Filmplakate aus: *Ali*. Im älteren Trakt der Universität klärt auf dem Poster aus dem Schweißdunkeln eines Raumes (Boxring) ein verschwitztes Gesicht die Erinnerung. Kampfschweiß und muskeljung, die Rechte ausgestreckt. Bewegung ist im Bildgezerrten, angespannte. Es ist, als wäre die Beinarbeit zu sehen, das Tänzelnde in der Faust, in den konzentrierten Gesichtszügen. Ich denke an meinen

Vater. Ich denke nicht an den angekündigten Film. Ich denke nicht daran, ob ich in diesen Film gehen werde oder wie er gemacht sein könnte. Ich denke zurück. Ungefragt.

Ich sehe das Plakat und höre vorsprechende Bilder aus Kindstagen. Abgelegte Kindstage, die *bildersprechen*.

wie, 1 erinnerung

wie ich heute nicht mehr weiß
wie der kampf
wie lang die runden
wie er
wie er den namen
wie vater den namen
wie er den namen spanisch
wie er am abend zuvor
wie er den wecker
wie er aufgestanden
wie er mich geweckt
wie ich erwachsen
wie erwachsensein eine uhrzeit
wie erwachsensein ein paar runden
wie afrika ins wohnzimmer
wie mutter noch schlief
wie er sein bier
wie er im unterhemd
wie er mit jedem schlag

wie er kommentierte
wie er mir jeden schlag
wie jeder schlag
wie jeder schlag erwachsensein
wie das bild schwarzweiß
wie er den großen helden
wie wir den großen helden
wie er mein großer held
wie er später zur arbeit
wie er mutter noch
wie er mir durch die haare
wie nachts
wie ich nachts erwachsen
wie jeder schlag
wie jeder schlag erwachsensein
wie Muhammad
wie Muhammad Ali vorwegnahm
wie der kampf ausgeht

Ich schreibe diesen Brief und habe Blutlandbilder im Kopf und selbstMORDattentäter, Soldaten, Terror, ein Passah-Fest. Palästina, Kinder Israel. Jerusalem & Jenin, Ramallah, Mütter, Männer, die Klagemauer, den Felsendom, die TOTgemachten, stummschrei und aufgebeinte Steine, Trauerpalästina & Israel, das trauert, hingerichtet dieser Schrei zwischen unseren Augen (Kiebitz) – LAUERSTILLE – *lauerstille der angespannten leiber* und meinen Vater, den ich treffe, unverhofft und im Vorübergehen, auf einem Filmplakat.

ein gedicht entsteht dort, wo uns die augen her-
buchstabieren, unverhofft
ein gedicht entsteht dort, wo das ohr sich stille nach-
wiegt. Hörstille der NOT & KUNFT ins Sprechen
dennoch ein gedicht entsteht dort, wo ein Ich im W:ort
& *baren* sich fortschreibt. Ich
schreibe mich ins WORT und
umgekehrt. Schreigestürzt
die hoffnung
neu erfinden im gedicht. Ein Ich ins Du gelegt, das mich
sagt im Du.

Glossar

¡Ay!: »Ach!«; »Weh, mir!« Der Flamenco-Sang hebt oft mit diesem Urlaut an. Ein Laut, der Versöhnung wird, indem er anruft, wehklagt, weint, befreit.

Agria: kleine landwirtschaftliche Zugmaschine.

Aktebäbber: »Aktenkleber«. Scherzhaft bis despektierlich gemeinter alemannischer Ausdruck für einen Buchhalter.

Al-Andaluz: Name Andalusiens als Hommage an die maurisch-arabische Vergangenheit (711-1492).

Alberti, Rafael: Andalusischer Dichter (*1902 in El Puerto de Santa María / Cádiz; † 1999 in Puerto de Santa María). Auch Alberti spricht in seinen Gedichten von »la mar«.

albóndigas: Hackfleischbällchen.

alegría: Freude, Ausgelassenheit.

Alhambra: Maurischer Prachtbau in Granada. Arab. *Al-qal'a al-hambra* (die rote Burg). Yusuf Ibn Naghrallah gilt als der Erbauer. Allerdings wurde erst unter den Nasridenherrschern die damals spartanische Burg zu dem prächtigen Palast, den man heute kennt. Mittlerweile ist die Alhambra von der UNESCO zum Kulturerbe der Menschheit erklärt worden.

altweiberpätrig: »Päter« ist ein alter Kinzigtäler Ausdruck für die Kittelbluse der Bäuerinnen in der Gegend um Hausach. Sie wurde (und wird) in aller Regel werktags getragen und ist von einem feinen Blumenmuster durchwoben.

amapola: (Klatsch-)Mohn.

Arcipreste de Hita: Dichter aus Kastilien. Um 1283 in Alcalá de Henares geboren, starb vor 1351. Gilt in Spanien als wichtigster Literat des Mittelalters.

Atlético Madrid: Fußballmannschaft. Ewige Rivalin von Real Madrid.

Babbedeckelhuet: Hut aus Pappkarton. Gemeint ist der rotgelbe Hansele-Hut.

becerritos: Jungstiere, die noch keine 3 Jahre alt sind.

boínas: Baskenmützen.

Brettleslarv: (Brett-)flache Holzlarve, Holzmaske.

bruddlig: Mürrisch.

Bue: Junge.

Burger: Männer, die in Hausach von der Narrenzunft mit dem *Burgerhut* geehrt werden. Die Form des Hutes ähnelt einer in die Höhe verzogenen Melone aus dunkelbraunem Filz. Mit dieser Auszeichnung wird auch der *Burgerbrief* verliehen.

Burgfrau: Fastnachtsgestalt aus Hausach. In Anlehnung an die Burg-*Huse*. Die Burgfrauen organisieren jedes Jahr ein Fastnachts-Fest für Mitbürgerinnen und -bürger, die das 70. Lebensjahr erreicht haben, den *Alt-Husacher-Burgfrauen-Kaffee*.

cabaña: Schäfer- oder Feldhütte, Kate.

cante jondo: Flamenco-Sang. »Im Augenblick des Singens«, sagt der Flamenco-Kenner Felix Grande, »kristallisiert sich in der Stimme des Sängers die Leidensgeschichte eines ganzen Volkes.«

casera: Hausmannskost, nach Art des Hauses.

casita de campo: Bauern- oder Landhäuschen.

casita mata: Einstöckige Bauernkate oder Landhäuschen.

choza: Hütte, armselige Unterkunft.

cocletas: Kroketten.

copla: Strophe, (Volks-)Lied. *Hasta que el pueblo las canta / las coplas, coplas no son , / y cuando las canta el pueblo / ya nadie sabe el autor,* schrieb Antonio Machado (Bis die Menschen sie singen / sind die coplas keine coplas, / und wenn sie dann gesungen werden / weiß niemand mehr, wer sie verfasst hat).

cortijo: (Andalusischer) Gutshof.

cuando la gente pide más: Wenn das Publikum mehr hören oder sehen will, eine Zugabe verlangt.

Datschkueche: Fastnachtsdelikatesse der Spättle. Fettgebackenes aus Brotteig, Kartoffeln, Äpfeln, Zwiebeln, Butterfett, Schmalz, Zimt und Zucker.

delicia: Köstlichkeit, Kostbarkeit, Wonne, Lust.

Duende: Siehe unter »García Lorca«.

e übergscheite Latsche: Ein über alle Maßen gescheiter Trottel.

El Cordobés: Manuel Benítez Pérez, genannt »El Cordobés«. Spanischer Stierkämpfer. 1936 in Palma del Río, Provinz Córdoba, geboren. 1971 beendete er seine Karriere, kehrte aber von 1979 bis 1981 sporadisch in die Arena zurück. Zuletzt absolvierte er 2000 zwei *corridas*, bevor er seinen endgültigen Rücktritt erklärte.

El Marca: Spanische Fußball- und Sportzeitung.

Elfemess: Aus der Gewohnheit der Handwerksleute, sich zum Frühschoppen zu treffen, wurde ein Fastnachtsbrauch. Man trifft sich am Fastnachtsmontag um 11 Uhr 11 und zieht in Handwerksklamotten von Kneipe zu Kneipe.

Elferrat: Die elf verantwortlichen Herren im Narrenrat. Heute heißen sie in Hausach »Die Blauen«. Der Name bezieht sich auf ihre blauen Schäferkutten.

emigración: Emigration. Die spanischen Gastarbeiter wurden in ihrer Heimat »emigrantes« genannt.

Erdbeerschlecks: Erdbeermarmelade.

extremeño: Aus der Extremadura.

Falange: Kurzbezeichnung der spanischen Staatspartei unter General Francisco Franco Bahamonde. 1934 entstanden aus der Falange Española und den nationalen Syndikalisten (Juntas de Ofensiva Nacional-Sindicalista, Abkürzung J. O. N. S.). Sie vereinigte sich 1937 mit den traditionalistischen Karlisten zur Falange Española Tradicionalista y de las J. O. N. S. In dem von Faschismus und Nationalsozialismus beeinflussten Parteiprogramm (1934) strebte die Falange den totalitären Führerstaat an. Im Februar 1936 wurde sie von der republikanischen Regierung als Partei faschistischen Typs verboten. Zu Beginn des Spanischen Bürgerkriegs (Juli 1936) schloss sie sich dem Aufstand von General Franco Bahamonde an. Nach dem Sieg Francos (1939) wurde die Falange alleinige zugelassene Staatspartei und die Basis der Diktatur.

Fedrewisch: Gelb-grün-roter Federnbusch auf dem Hansele-Hut.

finca: Bauernhof, Gehöft, Landgut, Wochenendhaus.

Fongis: Spiel, bei dem man sich gegenseitig einfangen muss.

gallego: Aus Galicia.

García Lorca, Federico: Andalusischer Dichter (1898 – 1936). Er prägte den Begriff »duende«. Duende, so Lorca, sei eine Macht und kein Tun, ein Kampf und kein Denken. Der Geist der Erde im Einzelnen. Die verwundete Seele.

gazpacho: Kalte »Gemüsesuppe« aus Andalusien.

grito: Schrei.

guapa: Schön, anmutig, betörend.

Haihopfe: Beliebtes Wettspiel im Sommer, bei dem es darum geht, wer am schnellsten über die Heuhaufen springen kann. Nicht unbedingt zur Freude der Erwachsenen, die stundenlang damit beschäftigt sind, das Heu zusammenzurechen.

Hansele, du Lumpehund, ...: »Hansele, du Lumpenhund, du hast nicht gewusst, dass die Fastnacht kommt. Hättest du deinen Mund mit Wasser eingerieben, wäre das Geld im Geldbeutel geblieben!« Fastnachtsspruch, den man dem Hansele hinterherruft.

Häs: Fastnachtshäs. Kostüm samt Maske.

Heno de Pravia: Name eines spanischen Parfüms.

Hernández, Miguel: Miguel Hernández Gilabert (*1910 in Orihuela, Alicante, †1942). Bedeutender Dichter und Dramaturg der spanischen Literatur im 20. Jahrhundert. Obwohl er der sogenannten *generación del 36* angehörte, fühlte er sich der vorangegangenen *generación del 27* sehr verbunden, zu der u.a. Lorca und Alberti zählt. Damaso Alonso bezeichnet ihn sogar als genialen Epigonen der Generation von 1927.

Herrelit im Sidebeeler: Herrenleute im Seidenanzug.

hogar: Herd, Feuerplatz, Heimstatt. Leben im Kreis der Familie.

Holzbüge: Aufgeschichtetes Brennholz.

Hoorig!: »Honorig!« Der Spruch der Katzenmusiker lautet: »Hoorig, hoorig, hoorig isch die Katz. Un wenn die Katz nit hoorig isch, dann fängt sie keine Mäuse!«

Humpetone: Hinkender Mann.

Hutzieher: In Hausach gab es eine Strohhutfabrik. Dort wurden aber auch Filzhüte produziert. Der Filz wurde über einen Holzkopf gezogen.

Joselito: José Gómez Ortega (* 1895 in Gelves bei Sevilla, † 1920 in Talavera de la Reina) war ein spanischer Stierkämpfer. Ortega wurde unter dem Namen *Joselito* berühmt. Er zählt zu den bedeutendsten Toreros des beginnenden 20. Jahrhunderts. Laut Ernest Hemingway war Joselito der beste Stierkämpfer aller Zeiten. Andere sprechen in diesem Zusammenhang von Juan Belmonte. Ohne Zweifel haben beide den Stierkampf nachhaltig beeinflusst.

Keiner gefriert anders: Buchtitel eines Lyrikbandes von Joachim Sartorius.

klepfe: Klopfen, schlagen, hämmern.

koi Dag länger dürft d Fasent guh: Die Fastnacht dürfte keinen Tag länger gehen.

Koskimies, Satu: Finnische Dichterin, geboren 1941.

Krageler: Schreihals.

lätz: Das Innere nach außen gekehrt, verkehrt herum.

Leck-mich-am-Arsch: Name der Hausacher Narrenfahne, die am *Schmutzige* am Rathaus gehisst wird.

Lederarsch: Kurze Lederhosen.

lengua luna: Mondsprache, Sprache der Mondin.

Lope de Vega: Lope Félix de Vega Carpio. Spanischer Dichter (*1562 in Madrid; †1635 ebda.). Er prägte die klassische Form der spanischen *comedia*.

Machado, Antonio: Andalusischer Dichter (*1875 in Sevilla; †1939 in Collioure, Südfrankreich). Er gehörte der *generación del 27* an.

Madengele: Schlüsselblumen.

Maagepflaschter: Magenpflaster, den Magen schützend, »heilend«.

Maische: Brei aus grob gemahlenem Obst zur Herstellung von Obstbränden.

mañana: Morgen.

Manolete: Manuel Laureano Rodríguez Sánchez, genannt »Manolete«, (*1917 in Córdoba; †1947 in Linares) war einer der berühmtesten spanischen Stierkämpfer. Sein Mut machte ihn populär. Er starb 1947 im Sanitätszimmer der Stierkampfarena von Linares, nachdem der Kampfstier Islero ihn auf die Hörner genommen hatte. Nach seinem Tod wurde er als Held verehrt. Die Franco-Diktatur versuchte dies zu nutzen und stilisierte ihn zum Inbegriff stolzen (Helden-)Mutes und erhabener Aufopferungsbereitschaft.

mantilla: (Spanisches) Schultertuch.

Maria in der Tanne: Muttergottes. Marienverehrung in Triberg im Schwarzwald.

Maria zu den Ketten: Muttergottes. Marienverehrung in Zell a. Harmersbach (Schwarzwald).

Meertau: Rosmarin.

menestra: Gemüseeintopf, der auch kalt gut schmeckt.

Miguel de Unamuno: Miguel de Unamuno y Jugo (*1864 in Bilbao; †1936 in Salamanca). Dichter, Romancier, Dramatiker und Literaturkritiker. Ein unbequemer Zeitgenosse, der immer wieder von seinen Posten zurücktreten musste.

montera: Stierkämpfermütze.

Montes de Málaga: Gebirgszug im Rücken Málagas. In den sechziger Jahren brauchte man Stunden, um sich mit dem Auto, von Granada kommend, die Serpentinen bis in die Stadt hinunterzuschlängeln.

mortero: Mörser.

olla: (Koch-)Topf.

om Fasentzischdig uff selle Zitt: Am Fastnachtsdienstag zu besagter Stunde. Gemeint ist die Mitternacht auf Aschermittwoch.

paseo: Spaziergang (auch der Triumphgang des Stierkämpfers in der Arena).

patio andaluz: Andalusischer Innenhof.

patria: Vaterland.

pena: Schmerz, Leid, Pein, Qual.

Península Ibérica: Iberische Halbinsel.

piropo: Ein liebkosender Satz, den man u.a. einer schönen Frau nachruft, um ihr den Hof zu machen.

Plaza de la Merced: Platz im alten Stadtkern Málagas. An der *Plaza de la Merced* wurde auch Pablo Picasso geboren.

Plaza de Toros de Málaga: Stierkampfarena von Málaga.

Plaza Mayor: Großer, zentral gelegener Platz, Hauptplatz.

portal: Große Flügeltür aus Holz.

Ramblas: Pracht- und Promenierstraße in Barcelona.

Ramón del Valle-Inclán: (*1866 in Vilanova de Arousa, Galicien; †1936 in Santiago de Compostela). Spanischer Dramatiker und Romancier. Er gehörte der *generación del 98* an.

Raspa: Limonade.

Rügschmeckter: Ortsfremder.

Rossler: Schnaps, der aus den Wurzelknollen der Pflanze Topinambur gewonnen wird.

saeta: Flamencosang in der Karwoche. Er wird während der Prozessionen auf dem Gehsteig, aus dem offenen Fenster oder vom Balkon eines an den Prozessionsweg angrenzenden Hauses intoniert, wenn die Christusstatue oder die Marienfigur vorbeigetragen wird. Die *saeta* ist die Sang gewordene Passion Christi.

Schämme: (Auch *Schemme*), Fastnachtsmaske.

schäps: Krumm, schräg.

señorito: (Junger) Herr, auch ironisch.

Sohn des Eisenbahners: Der Vater Pablo Nerudas war Eisenbahner, deshalb die Liebe Nerudas zu Lokomotiven.

sol y sombra: Plätze in der Stierkampfarena, die während der nachmittäglichen *corridas* zunächst in der Sonne, dann im Schatten sind.

Sores: Rausch.

Spättlemadlee het Hoor ...: »Spättlemadlee hat Haare auf den Zähnen und Zotteln am Rock und stinkt wie ein Bock!«

Trippel: Balkon aus Holz, Raum auf der Höhe der *Bühne* im Kinzigtäler Haus.

Urmadlee: Ursprüngliche *Spättlemadlee*.

uwietig: Ungestüm, gewaltig, furchtbar.

valencianos: Aus Valencia.

¡válgame Diós!: Gott steh mir bei!

Vírgen de la Macarena: Marienverehrung. Jungfrau von Macarena. Auch *Nuestra Señora de la Esperanza* (Unsere Liebe Frau der Hoffnung). Schutzpatronin Sevillas. Das Macarena-Viertel grenzt an den historischen Altstadtkern von Sevilla.

Vírgen de la Ó: Muttergottes. Schutzpatronin der Zigeuner Andalusiens. Der Name ist auf die Interjektion »Oh!« zurückzuführen, die Empfindungsäußerung vor der Anrufung im Mariengebet oder -gesang.

Vírgen del Rocío: Muttergottes. Jungfrau vom Morgentau, Maria im Morgentau. Sie wird nicht nur in Almonte, ihrem berühmten Wallfahrtsort verehrt. Auch in Málaga im *Barrio de la Victoria* ist ihr eine Kapelle geweiht, in der Nähe der *Plaza de la Merced*. Dort wird sie »Die Braut Málagas« genannt.

Víznar: 800-Seelen-Dorf in Andalusien. Auf der Straße nach Víznar (Provinz Granada) wurde Federico García Lorca ermordet.

vorusdappe: Hier: in kleinen, oft winzigen Schritten vorangehen.

vuelo de luto: Trauerflug, *Flug von Trauer*. Ausdruck Pablo Nerudas in einem Gedicht an Málaga (1937).

Wunderfitz: Neugieriger Mensch. »Wunderfitz« ist auch der Name der Hausacher Narrenzeitung.

zarzuela: Eigenständige, spanische Art Operette. Typische spanische Musikgattung. Es gibt Ähnlichkeiten zur französischen opéra comique und dem deutschen Singspiel. Die zarzuela entstand im 17. Jahrhundert, wurde von der italienischen Oper verdrängt und in der zweiten Hälfte des 19. Jahrhunderts wiederbelebt.

zusammengepäpert: Mit einem Blasinstrument (*Päper*) einberufen.

Quellenhinweise

»Mein Hausach« in: *Die Weltwoche* Nr. 40, 4. Oktober 2001

»wortaus, wortein« in: *Kulturelle Vielfalt*, Landeszentrale für Politische Bildung, Hrsg. K.-H. Meier-Braun, Reinhold Weber, W. Kohlhammer GmbH, 2005

»In jedem Fluss mündet ein Meer«, in: *Doppelpfeil* Nr. 4 / 2005, Juli / August 2005

»Dichtung und Nachhall«, Vortrag anlässlich der Baden-Württembergischen Übersetzertage in Schwäbisch Hall am 17. Juli 2003

»S goht immer degeege«, Vortrag anlässlich der Ausstellungseröffnung zur »Husacher Fasent« im Nigglturm in Gengenbach / Kinzigtal am 1. April 2004

»Maskenfiebrig eigen oder die gemeinsame Lust am Spättle« in: *De Wunderfitz*, Narrenblättle der Freien Narrenzunft Hausach, Hrsg. José F. A. Oliver, Jakob Wolber, Ausgabe 2002

»Lätz. De Fasentsumzug in Huse«, in: *De Wunderfitz*, Narrenblättle der Freien Narrenzunft Hausach, Hrsg. José F. A. Oliver, Jakob Wolber, Ausgabe 2004

»Wir, autobiographisch unterwegs von Deutschland nach Deutschland«, Festrede anlässlich der Erinnerungsveranstaltung »Der millionste Gastarbeiter, das Moped und die bundesdeutsche Einwanderungsgesellschaft« im Bahnhof Köln-Deutz am 8. September 2004

»und wir im bittgebet und (der Versuch, einen Brief zu schreiben, oder wie und wann ein Gedicht entsteht)«, Vortrag am M.I.T. (Cambridge / USA) anlässlich der Gastprofessur im Frühjahr 2002

Bildnachweise

Abb. 1, S. 7: Hausach im Winter, 2004. © PanoramaStudio LTD

Abb. 2, S. 16: Die Eltern vor der Abreise nach Deutschland. Francisco Agüera González und Francisca Clotilde Oliver Dominguez, 1959. © Archiv José F. A. Oliver

Abb. 3, S. 20: José F. A. Oliver, 1964. © Archiv José F. A. Oliver

Abb. 4, S. 28: Die Mutter, 1967. © Archiv José F. A. Oliver

Abb. 5, S. 31: Der Vater, 1961. © Archiv José F. A. Oliver

Abb. 6, S. 39: Aus dem Andalusien-Zyklus »muros blancos«. © Rainer Gollmer

Abb. 7, S. 42: Aus dem Andalusien-Zyklus »muros blancos«. © Rainer Gollmer

Abb. 8, S. 52: Aus dem Andalusien-Zyklus »muros blancos«. © Rainer Gollmer)

Abb. 9, S. 65: Katzenmusik, 2006. © PanoramaStudio LTD

Abb. 10, S. 72: Spättle, ca. 1959/60. © Archiv der Narrenzunft Hausach

Abb. 11, S. 80: Brezelbaum, 2006. © PanoramaStudio LTD

Abb. 12, S. 83: Andalusische Fasentgruppe, 1962. © Archiv José F. A. Oliver

Abb. 13, S. 88: Der einmillionste Gastarbeiter. © Ullstein

Abb. 14, S. 125: Hausach im Sommer, 2004. © PanoramaStudio LTD

José F. A. Oliver

unterschlupf

Gedichte
84 Seiten. Gebunden

José F. A. Oliver legt mit diesem Gedichtband sein viertes Buch im Suhrkamp Verlag vor. Sprache aus dem Bekannten herauszuhebeln, zu entzingeln, um ihr in neuen Klangelementen eine Aussagekraft zu verleihen, die über das allzu Verständliche hinausreicht, ist seine Art, auf die Rätselhaftigkeit der Welterfahrung aufmerksam zu machen. Den Blick zu ändern. Die Gedanken zu öffnen. Grenzen zu überschreiten. Sein »seelenfernglas« auf das bislang Ungesagte, Unsagbare gerichtet, die Liebe und den Tod vor Augen, ist er »schreibspur ganz / & der sich an die rücken heftet«. Mehrstimmig durchsiebt er die Sprache, »den worttrieb im zettelkasten«, erfindet und fügt neu zusammen.
Olivers Gedichte entstehen sowohl aus zeit- und ortsentbobenen Erlebnissen als auch aus Beobachtungen auf intensiven Reisen, so z.B. »1 vision in Kairo«. Er schreibt »die welt / die keine klärung war / die keiner klärung mehr bedurfte« und sucht »das unbestimmte des bestimmten«. Seine Gedichte gewähren den Sinnen unterschlupf, mindestens »1 Pessoa lang«.

»José F. A. Oliver ist eine singuläre Erscheinung unter den heutigen deutschsprachigen Dichtern.«
Süddeutsche Zeitung

NF 362/1/3.07

José F. A. Oliver
im Suhrkamp Verlag

fernlautmetz. Gedichte. es 2212. 112 Seiten

finnischer wintervorrat. Gedichte. es 2397. 101 Seiten

nachtrandspuren. Gedichte. es 2307. 115 Seiten

unterschlupf. Gedichte. 84 Seiten. Gebunden

NF 363/1/3.07